中国
十二时辰

李舫——著

湖北省公益学术著作出版专项资金

Hubei Special Funds for Academic and Public-interest Publications

长江出版传媒

长江文艺出版社

民亦劳止，汔可小康。
惠此中国，以绥四方。

——《诗经·大雅》

目录

惠此中国，以绥四方

（代序）

李　舫

民亦劳止，汔可小康。

有着两千五百多年历史的《诗经》，是中国诗歌的古老开篇。在这部诗歌典籍中，佚名诗人用悠悠吟唱讲述了中国人民自古以来追索小康的朴素梦想。

而今，穿越数千年风雨沧桑，这梦想在中国大地变为现实——我国脱贫攻坚战取得了全面胜利，现行标准下 9899 万农村贫困人口全部脱贫，832 个贫困县全部摘帽，12.8 万个贫困村全部出列，区域性整体贫困得到解决，完成了消除绝对贫困的艰巨任务，创造了又一个彪炳史册的人间奇迹。

曾几何时，"二亩地，一头牛，老婆孩子热炕头"是多少中国人最奢侈也是最卑微的愿望；曾几何时，停留在农耕文明中的人们所思所盼就是如何解决温饱；曾几何时，"楼上楼下，电灯电话"是刚刚打开国门的中国人所能想象的最高愿景；曾几何时，自行车、缝纫机、手表、收音机，就是美好生活的代名词；曾几何时，"万元户"是许多家庭梦寐以求的奋斗目标……从"8亿人吃不饱"到"14亿多人要吃好"，每一次奔跑，都是一次超越。

回首来时，筚路蓝缕。

可以说，中国是带着被八国联军攻占首都的耻辱进入20世纪的。1900年，八国联军占领北京，列强军队在紫禁城阅兵庆祝胜利，北京大街小巷遍悬占领军国旗。积贫积弱的旧中国，被西方列强欺负得抬不起头来，《南京条约》《马关条约》《中俄旅大租地条约》《展拓香港界址专条》……一个又一个丧权辱国的条约，将中国瓜分得四分五裂。鸦片战争后，从"技不如人"到"艺不如人"，从"器物不如人"到"制度不如人"，从"文化不如人"到"思想不如人"，中国人饱受欺凌和屈辱，被迫从"他者"的视角来审视自己，心生绝望，悲愤至极，民族自信心一度跌到谷底。

蒋廷黻在《中国近代史》中哀伤地写道：近百年的中华民族根本只有一个问题，那就是：中国人能近代化吗？能赶上西洋人吗？能利用科学和机械吗？能废除我们的家族和家乡观念而组织一个近代的民族国家吗？能的话，我们民族的前途是光明的；不能的话，我们这个民族是没有前途的。因为在世界上，一切国家能接受近代文化者必致富强，不能者必遭惨败，毫无例外。

天下之势，不盛则衰；天下之治，不进则退。

从18世纪到20世纪，西方国家飞速前进，中国却一次次错失工业革命的机遇、全球化的机遇、科技革命和产业变革的浪潮，只是"蜗牛般地爬行"。

1917 年，刚刚回到中国履新北京大学校长的蔡元培还不满 50 岁。作为北京大学的第十三任校长，等待他的是一个烂摊子：旧思想、旧文化、旧道德将北京大学腐蚀得乌烟瘴气，教员因循守旧，学生无心向学，人心日渐堕落，校园毫无生气。立志改革的蔡元培冒着严寒，发表就任北京大学校长的演说，试图用教育掀起一场意义更加深远的革命："吾人切实从教育入手，未尝不可使吾国转危为安。"

1919 年，孙中山刚刚完成《建国方略》。在这本书中，他写出了当时的中国无法实现的梦想：修建 16 万公里铁路和 160 万公里的公路；分别建设华北、华东、华南三个世界级港口，覆盖环渤海、长三角和珠三角，并整修全国水道和运河；中国要采取"开放包容"的政策，大量引进外国的雄厚资本和先进技术来发展国内的实业；建立一个民主、博爱、天下为公的理想社会，希望未来的中国人怀抱"替众人来服务"的理念，具备很强的责任感和无私无畏的精神。

1935 年，在生命的最后日子里，方志敏写下了感人肺腑的《可爱的中国》，畅想他心中的未来中国："到那时，到处都是活跃跃的创造，到处都是日新月异的进步，欢歌将代替了悲叹，笑脸将代替了哭脸，富裕将代替了贫穷，康健将代替了疾苦，智慧将代替了愚昧，友爱将代替了仇杀，生之快乐将代替了死之悲哀，明媚的花园，将代替了凄凉的荒地！"

久困于穷，冀以小康。

中国人民受困于贫穷太久，所以对幸福的期冀才十分深沉；中华民族曾经历无数的曲折，所以对小康的梦想才格外执着；无数仁人志士为此理想抛头颅洒热血，不惜以生命为代价，所以他们的子孙后代对今天的收获才更加珍惜。

今天，蔡元培所期待的"更加深远的革命"终于"使吾国转危为安"。孙中山的四个"无法实现的梦想"已成为现实——中国公路总里程519.8万公里[①]；中国拥有占全球70%以上的5G基站，新能源汽车保有量约占世界一半，消费级无人机占据一半以上全球市场，人工智能专利申请量占全球总量70%以上；在全球港口货物吞吐量和集装箱吞吐量排名前10名的港口中，中国港口分别占8席和7席……中国发展成就归结到一点，就是亿万中国人民的生活日益改善。时隔八十余年的时光，方志敏的女儿方梅动情地说："父亲，您毕生都在为一个可爱的中国而奋斗。我可以告慰父亲，您笔下'可爱的中国'，我替您看见了。这个'可爱的中国'，比您想象的还要好。"

不了解数千年的灿烂文明，就无法读懂中华民族的复兴意志；不理解上百年的苦难屈辱，就难以体会中国人的小康梦想。

中国的全面小康，不仅书写了人类发展史上"最激动人心的奇迹"，更找回了中华民族曾经"失去的二百年"。在飞逝的时光里，我们看到的、感悟到的中国，是一个坚韧不拔、欣欣向荣的中国。

时间之河浩瀚奔涌，一往无前。不忘初心，方得始终。让我将飞驰的中国浓缩为一天——子、丑、寅、卯、辰、巳、午、未、申、酉、戌、亥。

——在四川，悬崖村的峭壁上，17条藤梯、2556级钢梯的痕迹还清晰可见。然而，这里不是过去那样闭塞的小山村，而是一个面向世界、拥抱世界的彝族村寨。

———

① 截至2020年末。——编者注

——在宁夏，记载中国历史光辉篇章、伴随着中国革命伟大征程的山区老区，一代又一代西海固人艰难探索，终于彻底摘掉了"苦瘠甲天下"的穷帽子，迎来了胜利曙光。

——在湖南，十八洞村村民用"实事求是、因地制宜、分类指导、精准扶贫"的十六字方针彻底摆脱了贫困，迎来了山乡巨变。

——在广西，白裤瑶从深山走出来，开始建设新的家园。在这里，他们一边传承白裤瑶古朴、独特的文化，一边拥抱新时代的新生活，崭新的日子正如同山里的朝阳。

——在浙江，曾经频繁迁徙的畲民"山哈"，早已摆脱了身份认同的尴尬，他们在景宁这片山地中扎下根来，心中是满满的幸福。

——在贵州，现代天文学让平塘知道了大山外面的世界，也让大山外面的世界越来越了解平塘，知道平塘不仅仅有"中国天眼"，还有"中国天坑"和"中国天书"。

这一天，是中国无比丰盈的一天。在这中国十二时辰里，有着数不清的人间奇迹：不论是雪域高原的昌都、悬崖峭壁的凉山，还是苦瘠天下的固原、武陵河畔的湘西；不论是中国天眼的平塘、七省通衢的襄阳，还是洞宫山间的景宁、红水河岸的南丹……全面小康照耀的每一个角落，无数人的命运因此而改变，无数人的梦想因此而实现，无数人的幸福因此而成就。

纵观世界历史，贫困是人类社会的顽疾，反贫困始终是古今中外治国安邦的一件大事。当前，全球仍有7亿左右极端贫困人口。在中国广大农村主战场，中国的脱贫攻坚行动创造了了不起的人间奇迹。

据统计，全球范围内每100人脱贫，就有70多人来自中国。

特别是在全球贫困状况依然严峻、一些国家贫富分化加剧的背景下，我国提前 10 年实现《联合国 2030 年可持续发展议程》减贫目标。中国的脱贫攻坚力度之大、规模之广、成效之显著，前所未有、世所罕见。今天中国的脱贫攻坚，不仅书写了最成功的中国故事，而且为全球减贫事业提供了中国智慧。

今天，"小康"被赋予新的时代意蕴，全面建成小康社会是实现中华民族伟大复兴中国梦的关键一步。奋斗永无止境，只有常怀远虑、居安思危，才能够秉持耐力、坚定信心，才能够致广大而尽精微。因为——我们对时间的理解，是以百年、千年为计。

民亦劳止，汔可小康。惠此中国，以绥四方。

2021 年 12 月 12 日

子

天 堂

——壤塘，壤巴拉居住之所

东经 100°，北纬 30°。

——海拔 3500 米。

壤塘，离天堂最近的地方。

冈底斯、喜马拉雅构造裹挟青藏高原一路向东、向南，在龙门山古老大陆、古老海湾骤然止步，高高隆起成藏民族的香拉东吉神山。四条发源自雪域的河流——梭磨河、杜柯河、则曲河、足木足河，一路翻越高原，穿过峡谷，集扎成束，将纯净的雪山之水汇聚为名闻遐迩的大渡河。

神山、神水拱卫着的辽阔高原，这就是壤塘。

壤塘，是被神灵赐福的土地。壤塘之名，源自境内的一个自然村寨。寨子坐落于山巅上，其山形似手托宝幢的"瞻巴拉菩萨"。

瞻巴拉，义译持赆，梵音译作阎婆罗，旧译布禄金刚，也就是藏传佛教中的财神。"瞻"字译成汉字时走了音，成为"壤"，藏语中称平坝为"塘"，"壤塘"由此得名，也就是"财神居住的地方"。

一

在壤塘，才明白秋天原来是彩色的。

深秋时节，壤塘像走进了画家的调色盘，一场秋雨之后，全世界的色彩都汇聚在这里。千树万峰姹紫嫣红，千山万水五彩缤纷，千林万壑争奇斗艳，绿原、蓝天、白云、青山，沃野、林海、丘壑、溪涧，构成了醉人的金秋画卷。

二十五岁的戈登特静静地坐在绣榻前，聚精会神地绣着一幅宋代花鸟图。他穿着朴素的"勒规"（藏族男性的劳动服饰），露出里面整洁干净的白茧绸短衬衫，红绿青紫四色间隔的"加差朵拉"长带子，将宽袖长袍利落地系在腰间。时光静静地从他的手中流逝，从他的眼底流逝，他却波澜不惊，几乎一动不动。

高原的阳光透过雨后的玻璃窗，映照在空旷的房间里，澄澈，清冽，宁静。玻璃窗上未及蒸发的雨滴，恍若晶莹的宝石，在戈登特的脸上投下五彩斑斓的光影，空气中细小的尘埃，在阳光中时而微微颤抖，时而欢快跳动。高挺的鼻子，明亮的双眸，饱满的脸颊，卷曲的头发——这一刻，戈登特不是一个人，而是一尊雕塑，是米开朗琪罗刻刀下健美伟岸、果敢勇毅的大卫，是阿历山德罗斯的高贵典雅、神秘莫测的维纳斯，是罗丹的沉稳深邃、遥望未来的思想者。

戈登特俯身在硕大的绣架上，穿针引线，飞针走线。远远望去，他像是在用银针舞蹈，顷刻之间，一枝散发着千年古韵的鸢尾兰从空旷之中，渐渐地开枝散叶，又渐渐地开出紫色的花朵。这种鸢尾兰，传说源自南美洲，花期极短，刹那间盛开，刹那间谢幕，为便于沙漠中的昆虫在极短的时间授粉，鸢尾兰娇嫩的花朵仅仅在夜幕四合之后得以怒放，因此世人很难一窥其真容。此时，戈登特用他的绣针，将美丽凝固在他的绣架上。

很多时候，绣针下的人物、花朵、树木、飞虫常常走进戈登特的梦里，他好像就生活在他们和它们中间，生活在那个遥远的世界。

那个世界真的遥远吗？

昨天的喧嚣和今天的安静总是让戈登特感慨万端。谁能想到，十年前的戈登特还是一个顶着一头红发、桀骜不驯的男孩。十五岁的少年初中毕业，找不到高中的大门，更不知道人生的路究竟在何方。他像一匹难以驯服的烈马，没有目的地东奔西跑，用各种无聊填满时间的空谷，抽烟，酗酒，打架，斗殴，在街上横着膀子闲逛，偷鸡摸狗，顺手牵羊，缺钱了就骑着摩托车到山上挖几株虫草、雪莲卖掉，有钱了就聚集一群同样年纪、同样迷茫的年轻人赌博。有一天，他甚至一次就输掉了几万元。还不起赌债，戈登特悄悄从家里牵出两头牦牛顶替。家人没有办法，只能把他锁在家里，他撬开锁头像午后的薄雾般消失得无影无踪。村里人没有办法，一次又一次把他送进警察局，可是又能怎样？上午刚走出警察局的大门，下午说不定他又摇头晃脑出现了。

从警察局到传习所，仅仅数百米之遥，可是，戈登特走了整整十年。

十年前，谁能想到，戈登特竟然会有今天。十年前的那一天，他被人从警察局领进传习所，从此戒掉了烟酒、赌博，不再出去招猫逗狗、滋事生非。

立志，立德，立身，立业——今天的戈登特已经成为传习所里最优秀的非遗传承人，传习所组织传承演艺大赛，戈登特被选作演员，饰演俊美儒雅的"格萨尔王"，观众们为他的高贵沉静所打动，一潮又一潮涌向后台，向他献上哈达，为他送上祝福。

只要戈登特拿起他那枚精巧的绣针，各大博物馆、拍卖行便会竞相发来订单，期待他的刺绣作品远渡重洋，成为他们精心收藏的珍品。可是，戈登特不愿将自己和自己的作品变成流水线，他拂开纷至沓来的诱惑，努力将自己的每一件作品都打造为传世之作。

一针，一线，针针线线，绵绵密密，全世界的色彩都汇聚在戈登特的绣针里。

戈登特全神贯注，沉浸在他的色彩世界，漂亮的眼眸盛满了虔诚、敬畏、慈悲。

天空高远，云蒸霞蔚，染了秋霜的斜阳，将云朵在大地上神秘的影子拉得又细又长，这是阳光在大地上书写的经卷、吟唱的诵歌。

二

在壤塘，才明白秋天原来是喧阗的。

松涛阵阵，经幡猎猎，溪水潺潺。雁阵呼啦啦向南飞去，在斜阳和云朵间啾啾长鸣。雪域高原清冽的泉水，从山涧喷薄而出，击打着寂寞的石窟，像九曲柔肠，如隐秘心事。成群结队的牦牛悠闲地漫步，在低伏的草窠里寻觅嫩叶。星星点点的马队纵横驰骋，追寻着牧人的哨音。

"叮叮当当，叮叮当当……"墨吉俯身在工作台上，握着刻刀，聚气凝神，布满老茧和伤疤的双手灵活地飞舞，每一刀下去，石头的碎屑便从他的手中飞溅。一块坚硬如铁的顽石，在他的刻刀之下，转瞬之间便拥有了灵魂——结跏趺坐的壤巴拉法相庄严，拈花微笑，袈裟斜披在他的肩头，蝉翼一般轻薄，衣服的皱褶清晰可见。

墨吉身后的木架上，摆满了他的作品，大大小小石头上刻满的六字真言，是他深情的礼敬、满满的虔诚。

不远处，是香雾缭绕的棒托寺。远处，壤巴拉山像一尊神佛巍峨耸立，传说公元前四世纪印度的一位圣人跋山涉水来到这里，修行成佛，坐化为山。五彩缤纷的风马旗猎猎飘扬，潺潺的溪水奔涌不息，古老的梵音如泉水般流淌，动人心魄，响彻云霄，这是来自古老民族灵魂深处的歌唱。

"叮叮当当"的声音，叫醒了墨吉的耳朵，也叫醒了很多很多个"墨吉们"的心。墨吉一家是壤塘的建档立卡贫困户，家里有年老的双亲，还有未及成年的三个孩子。家庭负担重，加上没有稳定的收入来源，除了起早贪黑在贫瘠的地里种点青稞，墨吉一家人的生活就这么简单。很多很多年里，"穷得叮当响"，是他所知道的世界的全部含义。他怎么也没有想到会有这样一天，他在传习所里免费学到了雕刻石刻作品的手艺，靠着这种"叮叮当当"石刻技艺走进小康生活。

2016年，墨吉与附近村里的一些贫困户伙伴一道，走进了石刻传习所，从选石、勾画、雕刻、上色等工序学起。过够了贫穷日子的墨吉很珍惜在这里的每一分每一秒，他很快就熟悉了石刻作品的制作工艺，从学员变成了正式员工。这些石刻，小的能卖几十元，大的能卖上千元，有的甚至可以卖到数万元。每次看到自己的作品换回了实实在在的粮食、五花八门的生活用品，墨吉的脸上笑开了花。像墨吉这样的建档立卡贫困户，在壤塘还有很多，他们正与墨吉一道，通过一门扎实的手艺改变自身的命运，让一家老小走上小康之路。

石刻，其实是祖先留给壤塘的福泽。

明末清初，仁青达尔基精心挑选了六十多名经验丰富的石匠弟子，牵了二十多头牦牛，驮着酥油、人参果和银圆，翻过六十六座大山，渡过六十六条河流才到达了康区文明古城——德格印经院，迎请朱砂版的藏文大藏经《甘珠尔》，此后又翻山越岭、千辛万苦抵达茸木达，从而开始了规模宏大的雕刻工程。当时的壤塘以茸木达则茸百户为中心，来自四川甘孜和青海果洛的信众和弟子纷至沓来，他们有的挖掘石片、有的搬运石板、有的捐铁捐刻刀。历时九年，终于将三万多页的《甘珠尔》一字不漏地雕刻在五十多万块大小不一的石片上。

藏民族用自己的虔诚和笃定，雕刻了世界最完整的石刻大藏经，又将这些大藏经完整地保存在古老的棒托寺。

棒托寺，就像是一面历史的镜子，映照着古远的过去、丰富的今天、神秘的未来。它经历千秋风雨，之所以屹立到今天，是因为它承载着一个民族的历史重负、未来期盼，凝固了过去时代的人们对精神家园的殷殷眷恋。

然而，仅仅有祖先的福泽是不够的，精准扶贫、精准脱贫的治贫方式，将祖先的传承变成了今天的财富。而今，棒托寺内，卷秩浩荡的大藏经石刻被分类码叠，俨然是一堵气势磅礴、高耸入云的石经高墙；传习所里，聚精会神的传承者屏气凝神，努力将祖先的文化遗产的星星之火传给后世，让壤塘的文化密码为世界所洞悉。

　　"突突突，突突突"……远方的河谷中传来微耕机的声音，那是村民在蔬菜基地里耕地，成熟的青稞翻落在黑褐色的土地上，散发着新鲜的草木和泥土的香气。"突突突"的发动机声伴随着"叮叮当当"的雕刻声，构成了壤塘晚秋的奏鸣曲。"我喜欢微耕机'突突突'的声音，也喜欢'叮叮当当'的声音，感觉前方有数不清的牦牛和骏马在奔跑，有数不清的幸福日子在前面等待着我。"墨吉遥望着远方，开心地说。

三

　　在壤塘，才明白秋天原来是有味道的。

　　逐水草而居的民族在高原牧场放牧牦牛，也放牧自己的人生。在藏民族聚集的地方，总能闻到类似炊烟的牛奶清香，这是酥油灯的味道。

　　卓玛弯着腰，虔诚地将酥油灯供奉于神案上。

　　一盏，一盏，一盏……奶黄色的酥油慢慢融化，奶香悠然四散，明亮的灯芯愈燃愈烈，温暖的火焰欢快地跳动。

　　卓玛出生于南木达乡夏炎村，这是壤塘一座偏僻的村庄。壤塘有一座古老的寺庙，叫作夏炎寺，全称夏炎扎西赞拉贡巴寺，是觉囊派的圣寺。夏炎寺曾经一度遭遇破坏，所幸后来不断被修复，重现往日的辉煌。

卓玛今年整整六十岁了，从记事的时候起，她就开始重复这个动作，离开黄泥垒成的家，将酥油灯运送到夏炎寺，敬奉给至高无上的神明。长明不灭的酥油灯里藏着她的前世、今生、来世，也藏着藏民族的前世、今生、来世。

经书上说，点酥油灯可以将世间变为火把，使火的慧光永不受阻，肉眼变得极为清亮，懂明善与非善之法，排除障视和愚昧之黑暗，获得智慧之心，使在世间永不迷茫于黑暗，转生高界，迅速全面脱离悲悯。

在壤塘，成百上千年来，无论是家中举行念经法事，还是为逝者做祭祀活动，都要点上几盏或上百盏酥油灯。今天，这些酥油灯大都出自卓玛之手。

历史上，这里非常封闭，曾经有僧人沿着古道走出大山。他们身着袈裟，口诵时轮金刚经。他们披星戴月、风餐露宿。他们离开壤塘，走出四川，走进西藏、云南、贵州，走到泰国、越南、缅甸，甚至卓玛记不住名字的更远的地方。然而，无论他们走得有多远，他们都要带一盏卓玛的心灯。

藏族聚居区需要酥油灯的人，有喜丧之事的村民，都要找卓玛定做酥油灯。村里接了酥油灯活计的，也大多交给她——原来是交给她的父亲，现在是交给她。

卓玛制作酥油灯所用的酥油，是从牦牛奶中提炼出来的。卓玛是壤塘的牧民，从小就跟着父母在冬牧场和夏牧场之间奔波，放牧牦牛。哪块草地有新鲜的水草，哪块草地有莫测的风险，她比牦牛的嗅觉还灵。

高原夏季短暂，冬日漫长苦寒，牦牛是藏牧民寒冷冬日里的伙伴，更是他们的依靠，朝朝暮暮伴随着牧人的脚步。一盘香喷喷的牦牛肉、一碗热腾腾的牦牛奶，是藏牧民早中晚的餐食，伴随他们从夏到冬，又从冬到夏。卓玛家里有五十多头牦牛，每一头都有名字，卓玛常常叫着它们的名字，与它们交流、诉说，或者倾听它们每日的心绪。每天清晨，卓玛会喊着它们的名字，赶它们到水草肥美的山坡；傍晚又喊着它们的名字，与它们一起走向炊烟袅袅的家。

卓玛的父母心灵手巧，可以用牦牛毛、牦牛绒织成美丽又实用的勒规、赘规（藏族男性的礼服）、扎规（藏族男性的武士服），还能织成硕大结实的帐篷。小卓玛就是穿着这样的衣服，在这样的帐篷里长成了大卓玛。千百年来，黑色的牦牛毛帐篷就是逐水草而居的藏牧民的家。用牦牛毛编织的帐篷，天晴时毛线会收缩，露出密密麻麻的小孔，投进阳光和空气；暴雨大雪之时，毛线还会膨胀，风霜雪雨自然都被挡在外面。卓玛还从父母那里学会了用牦牛皮制作皮具，用牦牛角、牦牛骨制作生产生活的器皿，雕刻成祭祀神明的法器。

卓玛每天还要花费很多时间捡拾牛粪。在外面许多人的心目中，牦牛粪形象丑陋，又黑又脏，是无用之物，而在卓玛和她的藏族牧民朋友眼中，牦牛粪却是藏牧民世世代代以此为生的珍宝。在青藏高原，木柴很容易受潮，又很难点燃，牦牛粪的燃点很低，即使在含氧量较低的地方也很容易被引燃，更容易把火生起来。牦牛粪大都是草料构成，烧起来不但没有臭气和烟雾，还有一股淡淡的牧草清香。牦牛只取食长出地表的植被，对植被根系秋毫无犯；而牦牛的排泄物，又是高寒植被最珍贵的养料。卓玛与壤塘的妇女一样，每天清早起来要做的第一件事就是走出帐篷捡拾牦牛粪。群山绵延起伏，河流沟谷纵横，挡不住藏牧民追逐水草的脚步，挡不住牦牛悠闲的身影。他们四处游牧，无论冬牧场还是夏牧场，草场上总会到处留下一团团牦牛粪。一个藏牧民家里，牦牛粪越多，说明他们越富足。在他们的生活里，牦牛粪的地位不亚于高原的虫草。

牦牛是卓玛和许许多多藏牧民家庭的"高原之舟"。一部牦牛进化史，就是藏民族的生活进化史，更是青藏高原的生态变迁史，居住在高原上的藏人同这牦牛一样，极少欲望地向自然索取，最大努力地回报自然。作为喜马拉雅沧海桑田造山运动的孑遗动物，牦牛身上所具有的丰富生态学研究课题，引发了生态保护学者的关注。数千年来，牦牛与藏族人民相伴相随，倾尽其所有，成就了高原人民的衣、食、住、行、运、烧、耕，涉及青藏高原的政、教、商、战、娱、医、用，并且深刻影响了高原民族的精神气质。

天光渐渐老去，夜幕四合。

卓玛直起身来，酥油灯在她身后热烈地燃烧，送她离去。几十年来，经卓玛之手制作的大大小小的酥油灯，超过了两万盏。一盏盏白银灯、一盏盏红铜灯、一盏盏细瓷灯，载满了卓玛的诚心正意，孕育着她的流光溢彩的喜乐、黯然神伤的忧愁；而卓玛，也将她的喜怒哀乐、阴晴雨雪，她的悠悠岁月、无尽祝福，都融进了灯里。

卓玛走出寺庙，繁星已然满天。她也许并不知道，在菩提树黢黑的阴影里，仿佛还有一个高大的身影，手捧着酥油灯，目送她远去。

给人温暖，予人光明。

四

在壤塘，你永远不会知道什么叫作单调。

走进这里，就仿佛走进了动植物乐园，红豆杉、紫果云杉、冰川茶藨子、紫茎小芹，白唇鹿、黑颈鹤、白马鸡、林麝……壤塘，拥有物种繁多的生物圈，孕育着种类丰富的植被。

华尔丹驾驶着他小巧的电动车，从县城出发，追逐着太阳的光芒，向东方的海子山驶去。

海子山位于壤塘、阿坝、马尔康三县的交界处，据说是有大海儿子的山的意思。海子山有很多海子（冰蚀而成的湖泊），从前的藏族人民曾经徒步数过，一共三十五个。这几年，从外面回到山里的年轻人带来了新技术，他们用无人机全方位地勘探了海子山的山形地貌，发现海子山的海子原来不是三十五个，而是三十六个，有一个小小的海子一度被一个大大的海子遮蔽，还好，他们及时为它正了名。

尊玛不墨千秋画，海子无弦万古琴。

这也是走出大山的年轻人吟诵的新诗，多么优美，多么贴切，华尔丹暗暗记在心里。他知道，尊玛是阿尼玛卿山神的王后，她身着银色披风，骑着白色骏马，手捧如意宝，护佑一方生灵。海子山里这些大大小小的海子，是阿尼玛山神送给尊玛王后的礼物。这些海子，有的形单影只，有的群海相连，嘎乌措有三个湖，更嘎措苟有九个湖，措梦措赣的群海则多达二十余个。海子山翠绿茂盛，芳草萋萋，海子群烟波浩渺，接连天地。在这里，华尔丹深切体会到"天苍苍，野茫茫，风吹草低见牛羊"的美景和意境。

海子山的湖泊，是藏民族的圣湖，是他们实证实修的理想之所。湖水由山间雪水融化供给，湖水碧绿沉凝，鱼儿畅游其间。在阳光、蓝天、雪山的映衬下，湖水不时由浅蓝转为深蓝，由浅绿转为深绿，瞬间又变成墨绿，五彩斑斓，变幻莫测。

海子山里，还有一块神奇的土地——南莫且湿地。华尔丹对这片土地的每一种动物、每一种植物，都如数家珍。湿地位于中壤塘镇查托村境内，湿地面积为 183.3 平方公里，由三十六个大小湖泊构成，主要分布在海拔 4200 米以上。最大的湖泊是位于保护区东北的安纳尔措，海拔 4539 米。整个湿地像一只巨大无比的脚印，冬季不枯不溢，含多种矿物质。在这里，拥有高等植物 76 科 300 属 722 种，野生脊椎动物 5 纲 22 目 63 科 217 种，有着丰富的生物多样性和生态多样性，以湖泊、沼泽等高原湿地生态系统为主要保护对象。这些大小不一的湖泊各具风格，湖光潋滟。静静地观赏，你会被它那气势磅礴、不事雕琢的自然美深深打动，它的原始、纯净、苍茫与悠远，有一种大美不言的深沉韵味。湖泊是许多特有鱼类及湿地鸟类良好的栖息地，如大渡裸裂尻鱼、麻柯河高原鳅、普通燕鸥、凤头鹏鹧、普通鸬鹚，等等等等。

南莫且湿地是黑颈鹤、白唇鹿、林麝、绿尾虹雉、斑尾榛鸡、川陕哲罗鲑等珍稀野生动物，以及四十余种国家一级、二级重点保护野生动植物栖息繁衍的乐园，种类繁多的珍贵物种在这里生长，在这里欢歌，它们优雅的身姿为南莫且湿地增添了无限的盎然生机和魅力。

南莫且湿地还是大渡河一级支流——则曲河发源地，拥有沼泽、河流、湖泊、库塘、人工等多种类型湿地，是长江、黄河上游重要的水源涵养地和补给区，对调节长江流域河川径流、控制洪水、保持水土、涵养水源、降解环境污染等起着重要作用。截至 2018 年底，四川共有国有湿地 174.78 万公顷（不含稻田、冬水田），是长江经济带最大的内陆湿地省份，而像南莫且湿地这样独特的自然形态却是绝无仅有。

这个世界上独一无二的青藏高原湿地，是上天赐给壤塘的礼物。绿水青山就是金山银山，是的，这话说得太对了。华尔丹想，南莫且湿地和海子山何尝不是我们藏人的金山银山？

华尔丹小心翼翼地绕过危险四伏的湿地，走到海子湖畔。极目远眺，天地无止无境，砾石穿空，铺天盖地，摄人心魄，华尔丹的灵魂顷刻间被这里的清净所洗涤，他不由自主地跪下来，亲吻着这片他无比熟悉的土地。

四十六岁的华尔丹是这里的生态养护员。小时候，父亲给他起名华尔丹，藏语的意思就是"胜利幢"，希望他吉祥如意，今天，他很庆幸自己的人生让父亲欣慰。早些年，他的任务是清理游牧的藏族同胞留下的可疑烟火，防止星星之火在高原蔓延。这些年，越来越多对高原雪域充满好奇的人走进壤塘，他们随手丢弃的日常垃圾在天然环境很难降解，对这里的水土造成了极大的破坏，华尔丹的身份便由山火防护员，变成了生态养护员。

不管山火防护员，还是生态养护员，华尔丹的工作从来没有轻松过。他要用他的肉眼看到这里的每一处遗弃垃圾，将它们带回去，在专门的地方焚化。

翻越重重大山，穿行茫茫草原，华尔丹在这里转了快三十年了，见到无数转山、转水、转塔、转庙、转经的善信。他们终其一生都在朝佛，磕大头朝拜，转山插神箭，挂经幡喂桑，垒砌玛尼堆，抑或不停转动着转经筒默念时轮金刚。

——行走在尘世间，他们的眼神是慈祥的，脸色是和睦的，腰身是谦恭的。

他们也无数次遇到华尔丹，见证着他数十年如一日的坚守，见证他用最简单、最执着的守护表达对于自然、宇宙、宗教的深刻理解，他在用生命行走。

——行走在大路上，行走在天地间，他的心底是平和的，灵魂是宁静的，目光是坚定的。

五

不走进壤塘，你永远不会知道永恒有多远，须臾有多么短暂。

风化的水积石、火积石留下了岁月的印迹，250 万年的历史辽阔、空灵，却恍如一瞬。在这里，生命是最渺小、也是最伟大的存在。踏进壤塘，顷刻之间便可以抛却浮华，融入自然，回归本真。

传说中，壤塘是一个法螺自鸣、毛驴不前的地方。

公元前 310 年，壤塘已称牦牛微外。秦汉时期，壤塘已是藏人羌人的生息之地。悬天净土壤巴拉，有着尘世独缺的宁静与悠然。日斯满巴碉楼静默而巍峨地耸立在石坡寨的山水之间，在棒托寺里的五十万张石刻大藏经，向世人展示着壤巴拉信仰的坚韧，每一张石刻背后都有一段长长的故事，在这里眼之所见皆是心之所念，心与灵魂的距离越近，眼睛所能领悟的就越多。

在壤塘，精准扶贫、精准脱贫是一个响亮的口号。2009 年一个偶然的机缘，桀骜不驯的少年戈登特，以及很多像戈登特一样，在明亮耀眼的青春韶华里踟蹰不前的年轻人——被带出了暗夜。

平均海拔近 4000 米、地势落差达到 1500 米的壤塘，是集安多、嘉绒、康巴为一体的藏民族聚居区，文化多元，特色鲜明。然而，美则美矣，地处偏远，山峦陡峭，交通闭塞。壤塘自然生态资源丰富，传统农牧业尚可形成自我循环，故而在近两百年来，这里受到外界的影响非常少。四川省有四十五个深度贫困县，壤塘是其中生产条件最差、经济最弱小、脱贫最艰难、脱贫任务最艰巨的一个。工业化、信息化和全球化等带来的社会快速变革，让壤塘本来正常、古老的社会运行方式，逐步被边缘化，逐步呈现为各种社会问题：经济贫困、教育落后、医疗匮乏、社会发展缺乏内源性动力。

这些问题，则突出表现在当地青少年身上，他们就处于这个鸿沟之中，缺少发展机会和希望，也让地方社会发展存在更多不确定因素。青少年难以融入社会发展的进程，也难以真正构建可持续发展的社会机制。

心中无光明，何以消永夜？

其实，2009 年那次偶然更是一次必然，那是一宗善缘的发端。此后十余年的时间里，壤塘的有识之士走遍壤塘的山川和乡镇，用脚步丈量了 6800 平方公里的山山水水，寻找更多的"戈登特们"。

于是，在壤塘，一个宏大的计划诞生了。为什么不将这些贫困的人聚集到一起，教给他们一门生存的技能？授人以鱼，不如授人以渔。2010 年，阿坝州、壤塘县联合当地国家级非遗传承人，开办了第一个公益的非遗传习机构——壤塘非遗传习所，将具有千年历史传承的绘画艺术开放给当地的青少年。戈登特，是第一批走进传习所的学员中的一个。

十余年过去了，壤塘非遗传习所不仅以文化事业助力脱贫攻坚、乡村振兴，也将其影响力以几何级数扩增，壤巴拉非物质文化遗产，已经发展为包含绘画、藏医药、音乐、金铜造像、木雕、银器、陶瓷、雕塑、草木染、纺织、缂丝、刺绣、服装服饰、乡土烘焙、藏纸、藏香、藏戏等丰富文化艺术门类的传习体系，一千两百多个如戈尔登一般贫困家庭的农牧民子女，在这里走上了社会，走出了贫困，走向了世界。

反贫困，自古都是全世界为之牵挂的一件大事。建设一个远离贫困、共同繁荣的世界，是藏民族，更是世界上不同国家、不同民族面临的共同课题。就在不同肤色、不同民族、不同信仰的人们为反贫困事业艰苦奋斗、多方探索之时，在壤塘，一种新的致富方式渐渐成熟。在壤塘，深植于藏民族心底的种子正在破土而出，他们的信仰是坚定的，有如灿烂的阳光，犹如暗夜里的启明星。

须弥藏芥子，芥子纳须弥。时光在辽阔的天地间流逝，横无际涯，浩浩汤汤。千万载倏忽而逝，刹那间已是永恒。仿佛触手可及的天空，是那样的悲悯和亲切。壤巴拉神秘地微笑着，将花海、牛羊、经幡、棒托石刻，都汇聚在这片无尽的高原上、无尽的草场里。

藏民族更愿意亲切地将壤塘称为"壤巴拉塘"，更愿意在这里——

品一种千年传承，悟一段如烟往事；

赏一曲千年古乐，享一段天籁梵音；

听一桩千年往事，续一段万世因缘。

苍天无言，高原为证。壤巴拉，像一位睿智的老人，见证着世世代代半牧半农耕的藏民族的寥廓幽静，见证着土司部落从富裕、繁华、精致到贫穷、衰落、土崩瓦解的整个过程，见证着具有魔幻色彩的高原缓缓降临的浩大宿命，见证着那些暗香浮动、自然流淌的生机勃勃，那些随着寒风而枯萎的花朵、随着年轮而老去的巨柏、随着岁月而风化的古老文明……壤巴拉，像一道迅疾的闪电，掠过高原，掠过天空，掠过河流，掠过冰封的大地，掠过鲜花怒放的田野，然后——抵达不朽。

壤塘，壤巴拉居住之所，离天堂最近的地方。

而今，这就是天堂。

丑

长 缨

——西海固，我的土地我的母亲

这里，有中国最年轻的山脉——六盘山，撑起了大西北的腰杆子；

这里，有山谷之中泾河南流——为丝绸之路东段北线指引了方向；

这里，有山中最险隘的大萧关——悬在关中上空的达摩克利斯之剑。

这里，就是固原，宁夏的最南端。

据史料记载，固原"左控五原，右带兰会，黄流绕北，崆峒阻南"，堪称"天下第一军门"。《诗经》写道："薄伐猃狁，至于大原。"固原，迎接了千古一帝秦始皇一统天下后的首次出巡；汉武帝为了巩固边防，向匈奴显示大汉王朝的强盛，25 年六次巡视安定郡；唐太宗观马牧于原州；一代天骄成吉思汗在这里度过了人生的最后时光；明代掌管陕、甘、宁、蒙四省的三边总制驻扎于此。

1935年10月，中央红军长征入西吉、出彭阳，在固原历时五天四夜。期间，毛泽东、张闻天、王稼祥等中央领导沿隆德县小水沟登上六盘山。毛泽东饱览六盘逶迤雄姿，凝望阵阵南飞的大雁，想到红军北上即将到达目的地，想到红军走过的艰难历程，展望革命前景感慨万千，脱口吟出《长征谣》："天高云淡，望断南归雁，不到长城非好汉！同志们，屈指行程已二万！同志们，屈指行程已二万！六盘山呀山高峰，赤旗漫卷西风。今日得着长缨，同志们，何时缚住苍龙？同志们，何时缚住苍龙？"

到陕北后，毛泽东挥笔写下《清平乐·六盘山》："天高云淡，望断南飞雁。不到长城非好汉，屈指行程二万。六盘山上高峰，红旗漫卷西风。今日长缨在手，何时缚住苍龙？"

然而，记载着中国历史光辉篇章的固原，伴随着中国革命伟大征程的固原，却也一直是中国最贫瘠落后的地方之一。

晚清名臣左宗棠在奏折中称其为"陇中苦瘠甲于天下"。1972年，这里被联合国粮食开发署确定为最不适宜人类生存的地区之一。

固原，只是西海固的一个缩影。

宁夏的固原市原州区、西吉县、泾源县、彭阳县、隆德县，吴忠市的盐池县、同心县，中卫市的海原县，八个国家级贫困县，被统称为"西海固"。西海固的另一个名字是宁夏南部贫困山区。贫穷，是这里的代名词，"风吹石头跑，地上不长草，天上没只鸟"的场景，曾是这里的真实写照。

"苦瘠甲天下"，为什么是西海固？

在宁夏回族自治区的五个地级市中，固原，是唯一不沿黄河的那一个。这里曾经十年九旱，大部分地区是一望无垠的黄土戈壁，千沟万壑寸草不生。土地贫瘠，加上风沙侵袭，农作物难以生长，西海固人只能靠耐旱的马铃薯活命。

西海固不缺历史，这里曾是丝绸之路过境地，传奇西夏诞生地，更是历代兵家必争地。

西海固不缺文化，厚重的中原文化、璀璨的伊斯兰文化、神秘的西夏文化、粗犷的草原文化、苍劲的大漠文化在这里交相辉映，谱写传说。

西海固不缺信仰。

西海固也不缺勤劳，不缺勇敢，不缺奋斗。那么它，到底缺什么？

一

一望无际戈壁，荒芜，苍凉。

一抹残阳如血，在沙地上缓缓坠落。

黄沙里的落日，躲在漫天的云彩里，仿若一个巨大的溏心鸡蛋，煞是别致，煞是好看。

牟应国站在萧瑟的山风里，遥望远方。落日将他印在地上的影子越拉越细，越拉越长。他就这样静静地望着，仿佛看得到世界的尽头。

村口，有一个巨大的石碑，上面刻着——固原市原州区开城镇下青石村。

下青石村可不是个普通地方，半山腰矗立的纪念碑证明着八十多年前那场丰功伟绩。毛泽东主席在这个村里，亲自指挥了著名的青石嘴战役。一场酣战后，红军缴获一百四十余匹战马，成立了第一支骑兵侦察连。

牟应国是青石村村民，几年前居住在下青石村三组的红沟梁。红沟梁道路不便、信息不通、收成不好，村子四面环山，地势坑洼，雨季时洪涝不断，旱季时干旱缺水，一方水土养活不了一方人，村民为此苦不堪言。

可是，曾几何时，牟应国的世界没有往日的辉煌，不知从什么时候开始，他和他的乡亲们就被囚禁在这狭窄的土黄色里。远山是土黄的，高天是土黄的，狂风是土黄的，房子是土黄的，衣服是土黄的，人也是土黄的——不管什么颜色的衣服最后都被风沙浸染成土黄，不论什么颜色的皮肤最后都被时间消磨成土黄。

年过半百的牟应国看上去有些老相，头发灰白，他的脸上沟壑纵横，刻满了沧桑，上半辈子的故事不用细细叙说，都写在里面了。面朝黄土背朝天，岂止是面朝黄土，他的前前后后上上下下左左右右，曾经都是黄土。

这些年，一些有能耐的人逐渐搬离了大山。在牟应国眼中，幸福就是搬出大山。

牟应国在鞋底上磕了磕快要熄灭的土烟袋，几点火星从烟袋锅里冒出来，落在坚硬的黄土地面，转瞬钻入地下，不见踪影。牟应国使劲在消失的火星上踩下去，拧一拧，再踩下去，没有水的地方格外怕火。

厚厚的土布衣裳，让牟应国看起来像个黄土捏成的泥人。他摸了摸肩上搭着的褡裢，里面有一只陶碗，布满裂痕，盛满风雨，那是爷爷的爷爷的爷爷传下来的。几百年来，这里出门的人都习惯随身带着一只碗，以便下雨时接水储用。几十年来，牟应国也习惯随身带着碗，每天出门如若忘记这个沉甸甸的褡裢，身上似乎就少了点什么。可是，好像今天不再需要这只碗了呢，他有点不敢相信自己。

牟应国眯着眼睛，使劲望着，找着，找着，望着。他静静地望着远方的群山，他的上一个家曾经就在山上的一个土坯房里。如今，山上每隔几百米总有一处废弃的土窑洞，或是坍塌的土坯房，屋里早已空无一物，寂寞的空冷无言诉说着过去的日子。

牟应国生命里曾经坍塌的过去，也在远方的山上。

半山腰有一棵大榆树，树下就是他的家。大榆树根深，叶，却不茂，几百年上千年的极度贫瘠让植物也适应了这里的环境，大树枝叶稀疏，根系深深地扎进地下，寻找活下去的水源，寻找活下去的希望。牟应国就是在那棵大榆树下出生、长大，在那棵大榆树下，安家数十年。其实，他的爹娘也是在大榆树下出生，爹娘的爹娘也是在大榆树下出生。牟应国的祖祖辈辈在这里安家度日，过着面朝黄土背朝天的日子。

山脚到山腰有四五公里。从山底爬到山腰他那破房子的家，需要十分钟；从山腰那破房子的家走到山下，需要十分钟。向山上运东西还能用牛拉，向山下拉车子只能靠人扛。

转眼间，牟应国到了该结婚的年龄，爹娘攒了点钱，四处找媒人为他张罗婚事。可是，大山里的小伙子，未来就那么狭窄，哪个姑娘愿意跟他一起过苦日子呢？媒人前后介绍了五六个姑娘，当姑娘一听说吃水要到几公里外的沟里去挑，再看看牟应国家山上那破房子，最后都摇摇头走了。就这样，牟应国年纪越来越大，最后同住在大山里的一个姑娘结了婚。

他曾经想，这辈子就这样了。为了让家人过上好日子，牟应国夫妻俩起早贪黑地干着。然而，十几亩贫瘠的山地带给他们的却是一次次的失望。漫长的冬季，这里寸草不生，面朝黄土背朝天的辛勤劳作，还满足不了一家人的温饱。就这样，牟应国一把饭一把土养大了四个娃。夏天，河水漫过独木桥时，他得一手拎一个娃送去上学。

六年前，风调雨顺，种植的马铃薯大丰收，当年价格上涨，看着即将要变成钱的马铃薯，牟应国开心极了。虽然省道距离村里只有几公里，但村里通往外面的土路又窄又弯，大车进不来，如何把马铃薯运出去成了一大难题。

经家人商议，最终用架子车一车车往外运。村委会也组织人员对坑洼道路进行了填补，可经过一趟趟的转运，原本个大、饱满的土豆不是蹭掉了皮，就是被磕出了坑，品相难看，只能贱卖。"靠天吃饭、行路难、吃水难，无产业是制约发展的瓶颈。"牟应国说，为此，他只能外出打零工，每年收入仅四五千元，勉强维系家庭开支，想要让留守在家的老人孩子享受好一点的医疗、教育资源，他已是心有余而力不足。

牟应国从未想过有一天命运会在此改变。

2017 年，开城镇对下青石村道路不畅、交通不便、信息闭塞的三组、四组、六组村民实施移民搬迁，这让牟应国看到了希望。

2018 年 12 月 3 日，是牟应国一家难忘的日子。一家人搬到了山下公路边的移民新村，新家是一座有三间明亮大瓦房的小院，水电路一应俱全，考虑到村民是冬天搬迁，镇政府还为每家配备了火炉、煤炭、棉门帘等过冬设施。这座总价 14 万元的房子，他只花了 1.8 万元，其余的都来自政府补贴。窗外，九头牛在新建的牛棚里哞哞叫。这座牛棚，当地政府补贴了 1.2 万元。他掰着指头算，一头牛一年就能长成，至少卖一万元出头。让牟应国高兴的是，家里娃娃长大了，苦日子里熬出来的娃娃都很争气，老大、老二都开始挣钱了。

移民新村就像一个巨大的快进键，一下子就开启了牟应国和他的乡亲们的小康生活。牟应国住进宽敞明亮的新房，再也不用担心房子的安全问题，娃娃上学也近了，自来水、电、网络入户。四米宽的村道两边还安装了路灯，村部前的文化广场上，各种健身器材应有尽有。

到 2014 年，像牟应国这样的建档立卡贫困户，全村还有 237 户 902 人。经过异地移民搬迁、城区搬迁、危房改造，再通过金融扶贫贷款买进 1200 多头肉牛、1000 多只母羊，村里面貌发生很大变化。

现在，所有的贫困户已经全部脱贫。

站在宽敞整洁的村道上，牟应国有种恍如隔世的感觉。曾经，幸福很远，如今，幸福就在眼前。

"日子一下就美啦！"牟应国咧嘴，止不住地笑。

二

晚秋的红耀乡，洋芋汇聚成了绿色的海洋。

熊志忠握着两枚大大的马铃薯，在秋收的田地里奔跑着，抑制不住心中的喜悦。

乡亲们在地里忙活，有些人已经将家里的腌菜坛子搬了出来。

腌菜也是西海固的一大习俗。

曾几何时，因为没有水，西海固的人就用刷子将菜上的尘土刷下来，然后直接腌制。

为了节约水，当地村民家家惜水如金，洗碗是奢侈的事情，吃了晚饭，主妇便用抹布直接将碗擦拭干净，摞起来，下次再用。天阴欲雨时，人们是不会躲在家里休息的。他们通常会穿上薄一点的衣服到地里，一边干活一边等雨。雨后回家，赶紧脱去衣服，把身体擦干，就算洗过澡了。

当地人把这叫作"趁雨"，一个"趁"字，透着心酸，也透着无奈。

西海固本来就不适合人类生存。1920年，雪上加霜的8.5级海原大地震更使这片土地生灵涂炭，当时地广人稀的西海固竟有二十多万人口消失于一瞬。

这里是西吉县——西海固的"西"，便是指这里。碧波万顷的西吉震湖，是海原大地震后形成的美丽湖泊，世界第二大地震湖。湖水荡漾，可是解决不了西海固人吃水难的问题。

尽管这里不适合生存，尽管这里日子凄苦，但是面对着国家的生态移民政策，有些人还是不愿意搬迁。在大自然创造的艰苦生存环境下，他们依然选择坚守，在这片属于自己的黄土地上，造林种草、固水治沙、荒山复耕……以自己独有的乐观和坚韧，就这样世世代代在这里生活着。在地方志里，"焦旱赤裸的远山""千山万壑的旱渴荒凉"的历史记载数不胜数。

环境的贫瘠是显而易见的。一望无际的黄土高原在这里进入尾声，巨大的山峰裸露着寒凉的脊梁，一座又一座山峰像被刀狠狠地切过，陡立着，裸露着，荒芜着。风，也像裹挟着许许多多把小刀子，一路狂歌，一路喧嚣，一路扫荡——穿过树林，削净了枝叶；掠过高峰，削平了山头。

贫困又是细微而具体的，比如饮水。一个村 40 多户人家，大部分都要去水沟里取水。夏天，为了不耽误白天干农活，天不亮就要去排队等。冬天，水沟结了冰，就得扛着铁锹上去，跪在冰面上，趴下用瓢一点点舀出来。

比如社会的空心化。在西海固，见到最多的是留守老人，夕阳下赶着羊群回家的老人，在屋檐下晒太阳的老人，他们的生活很简单，一件看不出颜色的棉衣，便守护一季寒冬，几片马铃薯、几块干馍馍，便是一顿美味餐食。

沙地里什么都不长，只有马铃薯能耐得住这般苦寒，一年四季，除了馍馍，就是马铃薯陪伴着人类。马铃薯又叫洋芋，在西海固地区有悠久的食用传统。红军长征抵达固原时，红 25 军还曾教会单家集老百姓做粉条，至今被称作"红粉"。艰苦岁月里，马铃薯填充着人们饥饿的胃，成为"救命蛋蛋"，却也成为贫穷的象征。

在这里，马铃薯既是主粮，也是蔬菜，更是生活。

然而，今年的秋天，好像格外不同。

一望无际的洋芋田，在蓝天白云映衬下，格外开阔格外美丽。马铃薯田如万顷碧波，微风吹过，碧波荡漾。

熊志忠的脸上、身上都沾着新鲜的泥土，鞋子上还挂着新鲜的洋芋叶。他在小山一样的马铃薯堆里抓起两个硕大的马铃薯，脸上乐开了花："今年马铃薯大丰收，历史上从没有过！"

这个秋天，熊志忠是这些年来最忙的。熊志忠家四百亩马铃薯喜获丰收。站在一望无际的田地里，熊志忠的心里充满了丰收的喜悦。今年收成好，即便请了二十多个人来帮忙，他也要亲自上手。

熊志忠是西吉县红耀乡小庄村党支部书记。农户们靠着马铃薯增收致富，熊志忠带着小庄村村民们所耕种的坡地更是三次创马铃薯单产全区最高纪录，被传为佳话。

过去的果腹之物，怎么变成今天的致富法宝？

熊志忠的答案有些简单："有政府扶持，用科学理念种。"红耀乡位于西吉县西北部，这里高海拔、低气温，日照充足，昼夜温差大，自然环境恶劣，高寒干旱、土地广种薄收，村民们常年靠着几亩冬小麦和豌豆讨生活、填肚子，马铃薯亩产量从未超过五百公斤，只能算是农民勉强糊口的"洋芋蛋""救命薯"。熊志忠想到，高海拔、低气温，日照充足，昼夜温差大，这些正是马铃薯生长得天独厚的优势。马铃薯在西吉已有 300 多年种植历史。问题是，如何让小小的马铃薯不再受气候所限，而是为人所控、保质增量？从 2007 年起，他就开始摸索，那年秋天一场雨后，他给自家地里覆了地膜。政府免费给农户提供地膜，可大家都嫌麻烦。熊志忠一着急，找人开着自家三台四轮车，加满油后把全村 6900 亩地都覆盖了地膜。

西吉严重缺水，用这种方式，小庄村地里锁住了秋雨，也就是锁住了水。来年春天种下的土豆，长势就旺了。熊志忠抓起一只洋芋："你看我们种出来的，虫眼少、草眼少，外皮红润。为啥？我们琢磨多少年了！"

熊志忠可不是吹牛，在这片贫瘠的土地上，他于 2011 年、2014 年、2017 年三次打破宁夏回族自治区马铃薯单产纪录，亩产分别达到 5116.4 公斤、6162 公斤、6246.98 公斤。一亩地收上万斤马铃薯，过去想都不敢想。2018 年，熊志忠被自治区评为"十佳种植能手"。熊志忠将他的秘诀传授给乡亲们。村民们眼见心服，也都跟着他学技术学知识，如今熊志忠不用再自己给村民覆膜，他开了个回收旧地膜的站点，收多少旧的，就把政府补贴的新膜发多少给村民，种植、防污染两不误。

在熊志忠的带动下，整个红耀乡都重拾了种马铃薯的热情，今年全乡种了足足 5 万亩，整个西吉也都重拾了种马铃薯的热情，今年全县种了 80 多万亩。

除了像熊志忠这样的带头人给力，西吉在科学种田上下了苦功夫，从种子到种植，都有专家亲自动手或是指挥。西吉硬是把老作物种出了新模样，成为中国马铃薯的主要产区，被誉为"中国马铃薯之乡"。

朝霞染红了天际，秋天的风格外醉人。这天，熊志忠又起了个大早，他要安排今年马铃薯全国销售的事务。现在，西吉马铃薯的名气大了，红耀乡的马铃薯开始供不应求。

熊志忠从车库里开出他的三轮车，这些年他就是驾驶着这辆三轮车走遍这里的山山水水。山路崎岖，地面凹凸不平，熊志忠好几次被地上的石子颠得几乎要跳起来。路上，他见到了正在忙碌的权振堂夫妇。夫妻俩种了 40 亩马铃薯，今年预计能出产十几万斤，按一斤 6 毛 5 分算，今年收入能过十万元。权振堂开着收割机在田里驶过，收割机上的大爪子不时翻出一个又一个深红色的马铃薯，当地马铃薯大多是红皮，一个个新鲜的马铃薯躺在地里，像是一枚枚红宝石，散发着实实在在的馨香。

朝霞里，四辆满载马铃薯的大货车从西吉县红耀乡小庄村出发，迎着朝霞一路驶向四川、云南、贵州、陕西……

每天向四川、云南等市场发货 100 吨以上，连续销售 5 个多月。这些数字，都在熊志忠心里，他如数家珍。这几年，红耀乡小庄村的马铃薯连年喜获丰收，全村种植的 5000 亩马铃薯总产量 1.25 万吨，经过分拣窖藏反季节销售，在全国铺开了市场。尤其近年来，西吉调整发展思路，以供给侧结构调整为主线，聚焦市场需求调整产业发展思路，种薯繁育、淀粉加工、鲜薯外销、主食开发 "四薯" 并举，投入产业扶贫资金 3 亿多元，推动马铃薯产业向集群式、系列化、精深化发展。2020 年，西吉县种植马铃薯 80 多万亩，总产量 160 万吨，总产值 17 亿元。马铃薯从昔日的 "救命蛋"，发展成研发、种植、加工、营销、文化、生态为一体的现代农业全产业链，托起当地群众的小康梦想，科学化、规模化、标准化种植延伸到千家万户，成为当地农民增收致富的主导产业之一。

西吉县现有人口约 50 万，占了固原三分之一。西吉，是宁夏人口第一大县，也是宁夏最后一个脱贫摘帽的国家级贫困县——成绩来之不易。

现在村里富裕了，走出去的年轻人开始陆陆续续回乡创业。熊志忠说，他现在思考的是，如何进一步推动小流域治理、旱梯田建设，让西吉土地上一代又一代人与大自然抗争变成扎扎实实的成果。

三

轰——

轰隆——

轰隆隆——

低沉的云几乎要触及山巅，响雷在云端翻滚着，一道道闪电陡然间从天而降，呼啸着劈开抱紧的云团。

在天上酝酿了几个时辰的雨，终于噼里啪啦地落下来了，黄豆粒一样的雨滴打在大地上，砸出了一团又一团黄褐色的灰尘，很快地又裹挟着灰尘变成了一团又一团的泥点。凉凉的秋雨，带着深秋的讯息，打湿了枝头红艳的枫叶，打湿了路边金黄的秋菊，打湿了田野和田野里的农人。

披着蓑衣的农夫倒是不急着避雨，他们温柔地拥抱着这暴戾的雨滴，互相点头，心有灵犀："这场雨一下，以后天气就该转冷了，记得加衣！"

马义杰的心里却无端地闪出了一句话："真是天凉好个秋啊！"

年纪不大、身材壮硕的马义杰同当地的乡亲们一样，脸晒得黝黑黝黑的，脸颊上印着两团别致的高原红。

马义杰穿着干净的白衬衫，看起来精神利落。"过去穷，加上咱们这又属于干旱区，老百姓从土里刨食，整日价想的就是多开荒多种点粮食。"想起过去，马义杰的脸上布满阴云，"到了秋天一刮风，满天黄土，衣服袖口和领口都是黑色的，哪里敢招呼这颜色？现在不一样了。"

这位年轻的 80 后，是泾源县新民乡党委书记。

泾源县位于六盘山下，泾水源头，因泾河发源于此而得名，素有"秦风咽喉、关陇要地"之称。

泾源是整个固原最不缺水的地方，去年降水量已经超过 1000 毫米，这数字已与南方部分省份十分相似。泾源县河流主要有泾河等大小河流 16 条，溪流 343 条，均属泾河水系。

如果说，因为有水，从面上看，泾源老百姓在整个固原生活水平相对较好，那么新民乡在泾源便可算是敢想敢干的"特区"。走进新民，大有"高呼天外客，此处有桃源"之感。

新民乡到处可见别致的盆景园区。马义杰站在秋雨中，打量着这高高低低错落有致的盆景。与西海固其他地区不同，马义杰思考的不仅是脱贫，还有致富。这些盆景便是他致富经里的得意之笔。盆景园区里遍是油松、云杉、樟子松，高高低低的微型树苗被钢丝扭成了千奇百态的造型，有的似云朵，有的似华盖，有的婉约如美人，有的豪放又像剑客。良好的降雨条件，让泾源从本世纪初开始，就将苗木作为支柱产业培养。脑子快、思路新的村民在尝到了树苗产业的好处之后，在干净整洁的房前屋后尝试种下各种从前没有种过的树。在这黄土高原之上，在泾源大大小小的村落，不时会看到一块块被围起的田地，地里种满了千奇百怪的树种。

可是，七八年前，这个支柱产业出现了滞销。到底是什么原因呢？马义杰心里着急，2019 年，世界园艺博览会在北京举办，马义杰跑去参观调研，发现在各省展馆中，到处都可见油松的影子。去陕西杨陵、曲江看，发现当地早把油松做成了景观树，造型越怪卖价越高。这些树种在泾源举目皆是，乡亲们还嫌弃这树种七扭八歪，担心卖不上价呢！马义杰眼前一亮，泾源何不就从种植油松盆景开始？

他掰着指头先算了一笔账，泾源的苗木，1.5 米到 2 米高的卖十几块钱，再好一点的四五十块钱，但是做成造型，动辄成千上万元。

可问题是，乡亲们的观念陈旧保守，怎么说服他们？他暗暗地想，不是有句古语，桃李不言，下自成蹊吗？马义杰决定先干起来，做个示范。他组织乡政府从老百姓手里收了一批树，请外地师傅来做造型，让本地一些护林员和青壮年现场当学徒，学着做造型。过去"大水漫灌"，房前屋后插空都种满了树，如今要开始做"绣花"功夫，向精细化种植要效益。

乡亲们嘴上不说什么，但是，马义杰的所作所为，大家早就看在眼里，盘算在心里。

贫困户禹三十在家一琢磨，从田里选了五十棵树，也开始做造型。自己不会，就请专家来指导。像这样的农户不在少数，大家伙手里都有几亩还没卖出去的树苗，万一这么卖能行，那可真成"摇钱树"了。

很快，新民乡的"摇钱树"长大了，第一棵"摇钱树"就卖出了单价三万元的高价，闻风而至的客户找上门来，同新民乡签订了三四千棵树的订单。

马义杰带领新民乡种出了"摇钱树"，整个固原都沸腾了。很快，固原着力选准适宜当地的"一棵树、一枝花、一棵草、一株苗"，用这"四个一"改变着这个西北城市只有云杉、油松、樟子松的面貌。从各地引来的树与花，只有在示范园里成功了，才向全市推广。从2018年开始，固原建成了57个500亩以上示范园，重点示范推广了86个新品种。

创新两个字在泾源随处可见，新政策赋能新知识新技能，从而造就了新的发展方式。

最让西海固百姓受益的，不仅是这里的百姓对于发展两个字的新认识，还有对于保护两个字的新理解。在"绿水青山就是金山银山"的观念指导下，西海固林区水源涵养能力大大提升，年降雨量增加，不仅让整个宁夏南部城乡都喝上了自来水，而且成为宁夏中南部引水工程的水源地，养育着陕、甘、宁三省区十三县一百八十多万人口。

四

请原谅

我至今羞于启齿

您干涸的肌肤仍衣不蔽体

请原谅

我于六年前一场毛毛雨里的走失

不是一个向母亲撒娇的孩子偷跑去玩耍

而是固执的留给了你背影

请原谅西海固

我至今

仍在梦里听见你寂寞风中吼响的大秦腔

看见你苍老的肌肤上干裂的尘霜

以及触到离别多年你依旧荒芜贫瘠的土地

你知道

在异乡的我

至今仍在梦醒之后

我仍想

想深吻你布满皱纹的额头

想吮吸你早已干瘪的乳房

想徜徉在你粗糙干旱的怀抱

西海固啊我的母亲

我的娘

我不想回头越走越远

却至今无法走出你的手掌

诗人李海宁在《西海固我的母亲》中吟唱。他对故乡贫穷的痛彻心扉，何尝不是贫穷故乡的真实写照？干涸的西海固，贫瘠的西海固，贫穷的西海固，千沟万壑的西海固。然而，上天并没有因为它的贫穷而对它有着独特的眷顾。

西海固留给李海宁的深刻记忆，也是西海固留给世界的深刻印象。

中国降水量地图上，有一条 400 毫米等降水量线，这是农耕文明的生命线。在这条横跨东北与西南的降水线两边，通常一边半湿润、一边半干旱，一边是森林、一边是草原，一边是种植业、一边是畜牧业……西海固地区大部分区域，都在这条线附近，400毫米等降水量线将原州区、西吉大部、彭阳大部划归半干旱区，隆德、泾源、六盘山划归为半湿润区。彭阳年降水量350~550毫米，属于典型的温带半干旱大陆性季风气候。干旱造成这片地区缺乏植被覆盖，山坡裸露，风起时黄沙漫天。

在中国历史上，西海固是难以忘怀的存在。

一段残存明代长城遗址，静静伫立，讲述着这片土地的历史。强悍的风呼啸着，挟着天地的悲鸣，这是镇守边关的卧薪尝胆："十年驱驰海色寒，孤臣于此望宸銮。繁霜尽是心头血，洒向千峰秋叶丹。"这是沉吟在边塞诗的壮怀激烈："大漠孤烟直，长河落日圆。

萧关逢候骑，都护在燕然。"这是终生思报国的宏肆奔放："秋到边城角声哀，烽火照高台。悲歌击筑，凭高酹酒，此兴悠哉。多情谁似南山月，特地暮云开。灞桥烟柳，曲江池馆，应待人来。"

历史上的西海固，雄峰环拱，深谷险阻，果然一个设关立隘的好地方。

黄沙里的西海固，十年九旱，千山万壑，土地贫瘠，放眼望去，全是一望无垠的荒凉黄土。

自 1920 年海原 8.5 级特大地震以来，西海固这片土地就背上了洗不掉的穷名声。恶劣的天气、贫瘠的土壤、薄弱的底子，阻挡着西海固摆脱贫困的进程。

1982 年，党中央决定实施"三西"（宁夏西海固和甘肃定西、河西）扶贫开发计划，西海固首开有计划、有组织、大规模"开发式"扶贫的先河。至今，漫长的战役已持续四十年。西海固人跟着党和政府，靠着勤劳与坚韧，硬是干出了今日这番新景象。

今天的西海固，已然变了模样。隆德、泾源、彭阳三县率先退出贫困县序列，2020 年，西吉县也终于脱贫摘帽。

今日长缨在手，何时缚住苍龙？

七十余年前，毛泽东带领红军在此发出振聋发聩的一问。而今，这问题在新时代不断有着新的答案。中国共产党人，带领一代又一代西海固人艰难探索，终于彻底摘掉了穷帽子，迎来了胜利曙光。

六盘山上，秋色渐浓。天高云淡，望断南飞雁。

六盘山下，红旗漫卷西风。长缨在手，终于得缚苍龙！

觉 醒

——高山之上的凉山彝族

　　横断山脉，世界上最年轻的山群之一。

　　青春澎湃、激情涌动的山群，一路裹挟着雨雪风霜，由北向南肆意驰骋——从峨眉、瓦屋，到南迦巴瓦；从九寨、黄龙，到大理、丽江；从康定的跑马溜溜，到雨崩的天堂神瀑；从雪山脚下的香格里拉，到雨林深处的西双版纳；从情人放歌的泸沽湖畔，到变幻莫测的梅里雪山……在甘孜藏族自治州，大雪山将大渡河和雅砻江分隔两侧，由北向南再经党岭山、折多山、贡嘎山、紫眉山，将余脉扎束成一座酷似牦牛的山峰，最后向南深深地探入大凉山。

　　这个山形高低错落、地质构造复杂的地方，便是中国最大的彝族聚居区——四川凉山彝族自治州。

凉山地区地理位置特殊，南有金沙江，北有大渡河，从东到西是一条条高山，地势西北高东南低，地表起伏大，地貌复杂多样，地貌类型齐全，平原、盆地、丘陵、山地、高原、水域等应有尽有。大凉山峰峦重叠，气势雄伟，壁垂千仞，高低悬殊。山脉多呈南北走向，岭谷相间，小凉山、大凉山、小相岭、螺髻山、牦牛山、锦屏山、柏林山、鲁南山从东至西铺就了这里的崎岖地形、幽深河谷。在这里，海拔高度超过4000米的高峰有20多座——柏林山4111米、小相岭4500米、碧鸡山4500米、黄茅埂4035米、螺髻山4358米，以及最高峰贡嘎山系的木里夏俄多季峰5958米。

然而，谁能想到，凉山彝族自治州，这个既有热情奔放火把节、仙境一般螺髻山、美不胜收邛海的地方，也是全国十四个集中连片特困地区中，最令人牵挂的一个。因为高山峡谷的隔阻切割，千百年来，"住在高山上"的彝族人依然面临闭塞穷困的生活，全州17个县市中11个民族聚居县均为深度贫困县，全州建档立卡贫困人口97.5万人。

一

年逾古稀的吉木子洛坐在火塘前，用火钳拨弄着火盆里的余烬，火星不时地从盆里跳出来，落在四周的泥土地上，像节日夜空绚烂的礼花。

吉木子洛就这样出神地坐着，眼神飘向很远很远的地方。她穿着家常毛麻短衣短裙，藏青的大襟衣滚着黄绿两色的绣花花边，藏青色的百褶裙滚着同样的黄绿两色的绣花花边，饶是好看。藏青的包帕紧紧地包裹着吉木子洛的头发，包帕上一枝粉嫩娇俏的索玛花迎风开放。吉木子洛身旁的矮凳上，搭着她浅灰色的"查尔瓦"，一束索玛花散落其上。黑暗中的索玛花仿佛是这光影下的精灵，让这黯淡的夜晚陡然活色生香。

火盆里，半焦半嫩的洋芋散发着诱人的香气。

"啪！"

"噼啪！啪！"

一颗又一颗大大的火星接连跳出来，落在吉木子洛粗糙的手掌上。她伸出另一只手，耐心地将这些顽皮的火星一一拍灭，很多年以前，儿子还小的时候，她每天晚上也是这样一次次耐心地将淘气的他按在床上，催他入睡。可是，儿子跟火星一样，总有着按不住的顽皮。往事也像一颗颗顽皮的火星，拉着吉木子洛的手让她不停地回到过去。吉木子洛将火盆里的洋芋一个一个翻了个身，诱人的香气越发地浓烈了。儿子最喜欢这烤洋芋的香气了，他在这火塘边陪阿妈坐了几十年，喜欢看阿妈给洋芋翻身，喜欢将鼻子凑到火塘边深深地嗅着洋芋的浓香。

不远处的矮桌上放着一大碗热腾腾、香喷喷的坨坨肉，吉木子洛的儿媳节列俄阿木正在忙着将锅里大块大块的肉捞出来，旁边是一小碗一小碗打好的蘸料——盐巴、蒜碎、花椒粒。吉木子洛用彝语冲着节列俄阿木嚷嚷："乌色色脚，乌色色脚。"她只会说彝语，急了更是如此。话音未落，一个穿着学生装的女孩从大门走进来，大笑着说："婆婆，唧个又说彝语咧？这个不是乌色色脚，分明是猪肉块块。"这是隔壁吉好也求家的女儿吉好有果，吉木子洛每天见她似乎都感觉她长高了一些。吉好有果清脆的普通话里带着浓浓的川西乡音，她开心地笑着，哼着"满山花儿在等待，美酒飘香在等待"，一步一跳，走出门去。

就如同一颗石子落在池塘里，笑意从吉木子洛布满皱纹的脸上荡漾开来。那年春节，吉木子洛一家搬进了新居。新房子，就在离旧家不远的安置点，那里一座座白墙灰瓦的带院小楼，宽敞，整齐，豁亮。按规划，三河村将整体实施易地搬迁，共解决 319 户群众的安全住房问题，其中就包括吉木子洛、吉好也求两家共 151 户贫困户，他们都住进了一百多平方米的大房子。

可是，她还是思念着这破旧的土坯房，时不时地一个人踅回来，将地里成熟的苦荞和土豆收割好，摸摸四周简陋的泥坯墙面，点燃火盆里的炭火。甚至每到周末节日，她便不厌其烦地将新家里的锅碗瓢盆搬回来，让四里八乡的邻居都回到老房子打一顿牙祭。

这里有着她最难忘的记忆，她永远不会忘记，儿子就是在这里长大，又在这里拖着疾患的身子跟她告别。从此，她和儿子便阴阳两隔，从此，她便跌入贫困的深渊。

那时候，吉木子洛住在这个摇摇欲坠的土坯房里，门前一堆粪，旁边是猪圈。"人畜共居"曾经是凉山高寒山区无数个吉木子洛这样的彝族村民的居住环境。她还记得，当时这间土坯房外墙的泥土脱落了大半，为了取暖，不得不将房子尽可能地密封起来，逼仄的窗户锁住了屋外灿烂的阳光，举目便是阴暗、潮湿、寒冷。

这里，也有着她最温暖的记忆。那一天，习近平总书记走进吉木子洛的家里。那一天，火塘里的炭火烧得正旺，习近平总书记同村民代表、驻村扶贫工作队员围坐在火塘边，一起分析当地贫困发生的原因，谋划精准脱贫之策。

座谈中，习近平总书记讲得最多的就是"驱鬼"。他说，愚昧、落后、贫穷就是"鬼",这些问题解决了,有文化、讲卫生,过上好日子,"鬼"就自然被驱走了。

那以后,吉好也求时常带着吉好有果来到吉木子洛家串门,同吉木子洛和节列俄阿木一起回味那难忘的一天,聊聊这些年身边的变化。"觉醒"——吉好也求用这个词为这些年彝乡的变化做总结。从落后走向进步,从贫穷走向富裕,从封闭走向开放,因为——"我们觉醒了!"

觉醒,让昔日深度贫困的三岔河乡旧貌换新颜。下一步,吉好也求计划带领身边的乡亲们实施乡村振兴,发展乡村旅游,移风易俗,让腰包更鼓,让生活更好。

那一天,吉好有果演唱了一首《国旗国旗真美丽》,大家都称赞她唱得好。如今,吉好有果长高了,她成了凉山的小明星,站上了中央广播电视总台的舞台,还飞到莫斯科参加公益活动。说起未来的期待,吉好有果说,原来最盼望的是住进漂亮的新房子;现在住进了漂亮的新房子,她想有朝一日走出大山,对外面的世界大声说:

"凉山脱贫的花儿开了,致富的酒香浓了。彝家今后的日子,'瓦吉瓦'(彝语,好得很)!共产党,'卡莎莎'(彝语,非常感谢)!"

二

夕阳一点一点地沉下去,月亮一点一点地爬上来。

夜色将大树的影子一点一点地拉长,又将万物一点一点地吞噬进饕餮般的黑暗里。

十五岁的洛古阿呷出神地站在书桌前，仔细辨析蛙鸣里的虫声。那些响成一片的鸡子（蝗虫）、香猴三儿（螳螂）、油炸蚂儿（蚱蜢），前几年吃不饱的时候，他和小伙伴们常常去甘蔗林里捉香猴三儿和油炸蚂儿在火上烤来吃，很香很香。

洛古阿呷坐下来，轻轻旋转台灯开关。"啪！"一捧乳白色的灯晕，瞬间倾泻下来，照亮了洛古阿呷的夜晚，点缀了大凉山的夜空。

这是搬进新家的第二年了，洛古阿呷依然沉醉在喜悦之中。一年前，他还跟爷爷、奶奶、爸爸、妈妈、弟弟挤在一个房间，睡着了不敢翻身，生怕惊醒了身边的家人。可是现在，这一片寂静中，只有他自己，在这个只属于自己的空间里上演着"王之霸道"。

洛古阿呷家住昭觉县三河村。这里曾属"三区三州"中的深贫地区。去年夏天，贫困的洛古阿呷一家告别阴暗湿冷的土坯房，搬进敞亮干净的新村定居点。

洛古阿呷至今不能忘记乡亲们敲锣打鼓搬进新居的热闹。爷爷奶奶、爸爸妈妈都有了自己的房间，就连他和弟弟也都有了自己的房间。七十多岁的爷爷奶奶咧着满是皱纹的嘴，笑个不停。他们在新房间里摸来摸去，墙是这样的白，地是这样的平，房子是这样的高，玻璃是这样的透明，空气是这样的清新。穷怕了、节俭惯了的妈妈把老房子的破东烂西都搬来了，堆在床底下，藏在仓库里，害得爸爸大发脾气。

有人不知从哪儿弄来了一挂鞭炮，小伙伴七手八脚就把鞭炮点燃了。"噼噼啪啪"的鞭炮声在幽静的村子里炸响，连环炮一般地在一个又一个山头撞击着，回荡着，最后飘向很远很远的远方。

在粉刷着赭石色外立面的新房子里，洛古阿呷第一次拥有了自己的房间。一张白色的书桌，一盏白色的台灯，摆在窗户下面，正对着日出的方向。

以前，太阳一下山，山上就是黑黢黢的。现在不一样了，洛古阿呷的眼前一片光明。他翻开语文课本，今天老师留的作业是默写韩愈的《马说》。洛古阿呷的眼前泛出语文老师清瘦的身影。校长说，这个年轻美丽的女老师是北京大学古典文学专业的高才生，硕士研究生毕业后主动要求来大凉山支教。老师说，希望她的学生长大了都能够走出大山，走出贫困，走遍全中国，更希望她的学生长大了能将自己的所学所得回馈社会，报效祖国，这就是千里马的价值。年轻美丽的女老师用她坚定的眼神、满腹的才华，点燃了洛古阿呷和他的同学们心底的渴望——一个新的蓝图、一个新的世界。而他，将会像千里马一样在这个新世界驰骋。他不自觉地模仿着语文老师的语气和神态，大声背诵起来。

不久前，在焦急又喜悦的等待中，十九岁的阿作终于在南坪社区的新居里，接到了绵阳师范学院的录取通知书。

如果没有易地扶贫搬迁，阿作也许就会像往年一样，守在连绵起伏的大山里割荞麦、挖土豆、放牛羊，在单调和重复中度过这个夏天。甚至，早早嫁人、生子，为一家人的口粮发愁，为父母的药费发愁，为儿女的婚事发愁，重复母亲的故事，重走祖祖辈辈的路，锁在深山里终老一生。

可是，这一天开始，她的命运被改写了。

初夏的一天，阿作一家从昭觉县宜牧地乡搬到了位于县城城郊的集中安置点南坪社区。她的"新邻居"，是来自周边深度贫困地区近三十个乡镇的近五千名彝族居民。这样的易地扶贫搬迁集中安置点，昭觉县共有五个。

新居有三室两厅，一百多平方米，南北通透，光线充足。站在宽敞的阳台上，阿作就能看到楼下的一小块社区健身场。像洛古阿呷一样，阿作也是第一次拥有了独立的房间。浅色书桌上，几本小说摆在一起，风儿吹过，书签绒穗轻轻舞动。

看着爱读书的孙女，阿作奶奶的思绪不禁回到了旧时光。从祖辈时困在山窝窝里穷得叮当响，到如今住上新楼房，老人家把家族变迁——讲给阿作听："你是穷人家的孩子，今年也考上了大学。日子过得'瓦吉瓦'，你要把老故事记下来，留个纪念。"

阿作萌生了以家族变迁为背景撰写一部小说的想法。不过，在过去，穷人家的女娃娃想写小说，无异于异想天开。可是，现在不一样了，阿作想当一个作家，为彝家立传，走出大山，将彝民族追求美好生活的故事讲给全世界——在刚刚过去的五年里，昭觉县实施易地扶贫搬迁 12239 户、54505 人，约占全县贫困人口的 54%，搬迁任务量位居四川全省第一。

夜深了，夜色愈加浓重，星光愈加璀璨。

与洛古阿呷一样，在这满天繁星的光辉里难以入梦的，还有阿杰、阿木、阿牛、阿且、拉日。

来自越西县马拖的彝族少年吉依阿杰自幼失去父亲，母亲改嫁后杳无音信。五年前，为了给阿杰寻求出路，他的爷爷做出无奈选择——将他送到成都的一家格斗俱乐部训练、生活。"格斗少年"的命运刺痛了公众神经。

由于气候恶劣、交通闭塞，加上历史上欠账多等特殊问题，凉山是脱贫攻坚中最难啃的"硬骨头"，昭觉、布拖、金阳、美姑、普格、越西、喜德七个县更是"硬骨头"中的"硬骨头"。

四年前，中央多部委联合发出通知，要求进一步加强控辍保学提高义务教育巩固水平。"控辍保学"，也就是控制学生辍学，加大治理辍学工作力度，保证适龄儿童和少年完成九年义务教育。

大凉山将他们接了回来，针对这些孩子体格健壮、不爱读书的特点，因材施教。就这样，野马一般的阿杰和他的四个小伙伴回到家乡，来到冕宁县双河小学。在这所"体教结合"的学校里，孩子们一边上学，一边接受包括健身、格斗、拳击等在内的专业体能训练。他们不再整日里枯燥地死读书、读死书了，丰富的校园生活让阿杰和他的四个小伙伴渐渐开朗，他们爱上了这里，脸上有了灿烂的笑容。有了功夫，学了本事，阿杰和他的四个小伙伴有了用武之地，哪家哪户需要出力气、用功夫，都少不了阿杰五个人的身影。

夏末秋至，大凉山处处可见苦荞丰收的景象。已经长成帅小伙的阿杰和他的四个小伙伴转眼已经升入中学。在泸沽中学初三年级就读的阿杰在四川省青少年拳击锦标赛上夺得男子52公斤级冠军，获得"国家一级运动员"称号。小伙伴们也各自有了自己的收获，有的想上体育大学，有的想做健身教练，有的想参军入伍，有的想做一名光荣的警察。他们没有想到，人生的路就这样越走越宽敞。

在冕宁，齐心鏖战，冕宁脱贫攻坚取得丰硕成果，全县41个贫困村、8344户35584人全部稳定脱贫。

如同一滴水能映出暖阳的七彩，大凉山孩子们的小小书桌，也折射出伟大时代对他们的深情牵挂。

大凉山，伴着梦想起航的孩子，何止洛古阿呷、阿作，何止阿杰和他的小伙伴？

依靠"控辍保学""一村一幼""学前学普"等教育扶贫工作，大凉山正奋力斩断贫困代际传递的"病根"。截至 2020 年底，凉山全州小学阶段净入学率达 99.9%，初中阶段净入学率达 98.8%。"该上学的一个不少"，成为可触可感的现实。随着基础设施的不断改善，互联网和 5G 也来到大凉山孩子们的身边，书桌不再新鲜，书桌上的电脑也不再新鲜，书桌上的台灯亮起来了，书桌上的眼眸也亮起来了。

三

> 我们两个呵，
>
> 永远不分离；
>
> 同吃一甑饭，
>
> 同挖一块田；
>
> 共烧一山柴，
>
> 喜喜欢欢做一家。

年过半百的曲么木土火坐在夕阳的余晖里，轻柔拨吹弄着手里的口弦。

她穿着玄黑的土布衣裙，上衣和长裙的边缘缀着蓝、绿、紫、青四种颜色的绣花包边，灵动生趣。曲么木土火的头发有些花白，她用蓝色棉布头帕将头发紧紧绑成螺髻，螺髻上缀着漂亮的红璎珞，风儿轻轻，璎珞荡漾。她用左手握住口弦竹片，右手轻轻弹动竹片，指尖拨动口弦尖端，气流随着她的呼吸吹动簧片，发出优美的曲调。绕在口弦上的细绳随着韵律在空中抖动，柔和的旋律在口弦中缓缓流淌，空灵，悠远，意韵深长。

彝家姑娘，谁小时候没有一支小巧的口弦呢？那里有着她们成长的秘密。少女时代的曲么木土火，就喜欢坐在家乡金阳县寨子乡的荞麦田边，拨着口弦，看夕阳西下，看炊烟四起，看羊儿回圈，看老水牛犁地，看索玛花火焰一般绽放，看漫天繁星在夜空中眨着眼睛。

可是不到十九岁那年，曲么木土火便由父母做主嫁到了三十公里之外的甲依乡拉木觉村。三十公里，在山里，骑马都要走上半天。妈妈嘱咐她，女孩子嫁过去就是人家的人了，一定要孝顺、要勤快，少点散漫，少点玩心。可是，曲么木土火还是悄悄地将她的口弦塞进装嫁妆的樟木箱子里。

曲么木土火没有想到，她的少女时代就这样结束了。每天天麻麻亮，曲么木土火便背着重重的背篓，跟丈夫开始了一天的劳作，放羊、喂猪、种地……盼得走的日头，做不完的农事……这里山高坡陡、气候恶劣，一方水土难养一方人。直到 2020 年夏天，拉木觉村仍是凉山州尚未退出贫困序列的最后 300 个村之一。

夏天漏风、冬天漏雨的土坯房里，孩子一个个出生。可是，日子却更艰难了。

出嫁以后，曲么木土火再也没有拿出过她的口弦。

"我们这一代吃苦，孩子们不能再像我们一样。"转变是从扶贫工作组驻村开始的。不知道从什么时候起，曲么木土火懂得了——高山上不只能长出苦荞和青稞，还能扣上大棚，种下草莓、蓝莓和猕猴桃；包装精致的牦牛肉干、苦荞茶运到城里，那可是原生态的抢手货；羞于经商、缺乏理财观念的山民，一定要走进文明进步的新时代；生病了念念经解决不了问题，不如去找大夫一劳永逸；孩子不能撒在山里疯跑野养，节衣缩食也要送他们进学校去读书……

曲么木土火不会忘记那一天，她和丈夫拿到易地搬迁的通知，兴奋地走了七十公里的山路，来到正在建设中的马依足乡"千户彝寨"。他们看到了新家的真实模样，一大片建在半山坡地上的新房与县城隔江相望，连接两岸的跨江大桥正在施工。他们，第一次清晰地看到了未来的真实模样。

不久，曲么木土火夫妻俩同整个村子里的邻居一起搬家了。这是她人生第一次坐汽车出远门，颠簸的山路让她晕了一路，可是一到新家她就把刚刚的难受都忘记了。多么敞亮、豁亮、漂亮的新家！一百四十平方米的大房子，竟然有三个卧室，还有几个大露台；房子里有燃气灶、热水器，还有电视机、洗衣机，政府还送来了一千元的家具购置补贴。关键是，购置这套新房子，曲么木土火夫妻只出了一万元，加上买家具和其他开销，总共才两万元。

过去五年，凉山州有三十五万和曲么木土火一样的"山民"通过易地扶贫搬迁告别了昔日的贫瘠和艰辛，在城镇里开始了新生活。

然而，曲么木土火夫妻总是忘不掉山里的家。对他们来说，甲依乡拉木觉村是他们生活过的地方，老家的土地仍是他们安身立命的根。为此，政府保留了曲么木土火夫妻以及同他们有一样要求的村民在原住地的土地承包经营权，也保留了部分生产用房，方便有意愿的人轮流返乡搞种养，曲么木土火的心彻底踏实了。

在马依足乡"千户彝寨"，政府给曲么木土火一家提供了三千元的产业奖补和两万五千元的低息贷款，鼓励他们入股农业合作社。曲么木土火夫妻起初还有些犹豫，看到社区成立了运输公司、建材公司，优先保障搬迁户就业，彻底打消了顾虑，二话不说就跟老邻居、新邻居一起入了社。社区还成立了八个党小组，曲么木土火的丈夫被大家推选为第五党小组组长，带着大家早出晚归干得热火朝天。曲么木土火在入社之余，还拾起了闺阁时的手艺，参加了彝绣合作社。她一天能绣五六双彝袜，赚个百八十元不成问题。政府还安排曲么木土火的孩子们去镇里上了学，曲么木土火身边一下子安静下来，她期待着哪天孩子上了大学，跟孩子一起去城里看看，她还想把她的彝绣工作室开到城里去。

夕阳余晖里的曲么木土火，吹着口弦，像一座安静的雕塑，明亮、澄净、神秘的阳光为她镀了一道耀眼的金边。悠扬的口弦旋律在炊烟里回荡，曲么木土火想，也许——这就是毕摩所说的天堂吧！

很久没有弹拨口弦了，曲么木土火对以前的曲子有点生疏，她一边回想一边弹拨。可是，这又有什么关系？好日子还长着呢……

天色渐渐暗了，曲么木土火和丈夫锁好新家的门，准备回拉木觉村看看。今年，老宅子这边收获了两千多斤土豆、七百多斤荞麦、八百多斤玉米，平日里这些仅够自给自足，可现在，山下有营生了，他们要把这些富余的粮食卖到城里去。他们明年不打算种地，就在城里找份工作挣些钱，土地太贫瘠了，也让贫瘠的土地歇一歇，养养肥力。

山里的夜格外黑，曲么木土火似乎已经不习惯这种伸手不见五指的黑夜了。她同丈夫坐在老房子的火塘边，不自觉掏出口弦，放在嘴边。空灵悠远的韵律在夜空里响起来，穿透黑暗、穿过老屋，飞出窗外、飞向远方。

这是献给故土的骊歌，也是敬颂未来的序曲。

四

陡直的山，陡直的路。

清晨，大凉山的晨雾还没有散去。风，在高空久久地盘旋。岁月的光辉仿佛早已抚平人间的坎坷——山河风雨剥落了山巅昔日的繁茂与辉煌，野草荒藤漫没了曾经的炫耀和浮夸，沉静的光芒褪去了往昔的喧嚣与色彩——然而，苦难和辉煌，就藏在赭石色的泥土里。

悬崖上，怪石嶙峋，杂草和灌木遮蔽了大山的褶皱，桀骜的苍鹰傲视天穹，黑颈鹤已在林间鸣叫。

某色拉洛站在山脚，向山顶仰望——通往山顶的钢梯闪着银光。近千米垂直距离让人生畏，2556级笔直钢梯令人胆寒。山上，有着他的家——阿土列尔村。

从昭觉县向东再走六十公里，阿土列尔村坐落在美姑河大峡谷与古里大峡谷的簇拥之中。阿土列尔村的名字，却远不如它的别名更有名气——"悬崖村"。

不知道几千年了，某色拉洛的祖先从云南一路迁徙，征服了山崖绝壁、广袤森林，最终抵达大凉山，又爬上了悬崖村。这是多么漫长的征程——从滇东北经过漫长的时间岁月，跨过金沙江，然后分别以古侯、曲涅后裔的身份来到宁木莫古，并且在宁木莫古相会盟誓后，古侯、曲涅的后裔们又再次向各自约定的固定方向迁徙游动发展，继续不断地寻找各自理想的居住地。在经历了很漫长很漫长的历史岁月后，最终形成了现今凉山彝族这种大分散小聚居的居住格局。

大凉山为褶皱背斜山地，地表多为砂泥岩、石灰岩、变质岩，风雨侵腐剥蚀，土质流失严重，山脊舒缓宽阔，奇特的地貌造就了这里独特的自然景观，也将山民的生存逼进了更为狭窄的空间。在窄窄的盘山公路的两侧，在黏黏的黄土中大如牛马、小若拳头的卧石中间，随处可"坡改田"，这是贫穷山区黎民百姓对付恶劣环境不懈而无奈的抗争——在一切天然的罅隙中埋下种子，等待天赐的收成。

战乱频仍的日子里，像阿土列尔村这样选择在岩肩平台上筑村，在当时无疑是躲避战乱的最好办法，自给自足的种植养殖生活，一切都依靠自然的地理和气候条件，不需要与外界有更多的联系。

某色拉洛的家就在悬崖村的最高处。

曾几何时，这条路是他每天的必行之路。一根藤梯攀附在悬崖边，从山下到山上需要借助藤梯攀爬近千米的悬崖，这就是村民们上山下山唯一的路。藤梯有十七段，某色拉洛需要仔细记住每一段和下一段的衔接处在哪里。风吹日晒，衔接处时常因各种原因发生变化，他必须聚精会神，万分小心，加上手脚并用，才能到达目的地。这还是平时，赶上雨季，塌方、落石、滑坡、泥石流，随时可能发生，一块石头砸中，人便一命呜呼。

平日里，某色拉洛的世界就一个山头那么大，因为不方便，干脆自我隔绝。很早的时候，山上还有个小学，泥土屋破败不堪，屋子里没有课桌，只有几个板凳。学校没有几个学生，更是留不住老师。即便是去买盐巴之类的日常生活用品，某色拉洛也需要爬三四公里的天梯，再走上两三公里的山路，去到另外一座山的莫红小市集。这个市集每隔五天才有一次，很多急需的物品市集里也没有。乡里要开会，与阿土列尔村邻近的另外三个悬崖村——说注村、阿土特图村、勒额基姑村都是靠一站一站传递消息。在大凉山，阿土列尔村还不算最穷最苦的村子，比阿土列尔村更偏远、更困难的村子甚至连信号都没有，更不用说天梯。

改变是从五年前开始的。某色拉洛见到帕查有格，是在那一年的腊月。乡党委书记带着帕查有格爬到了悬崖村，对大家说，这是昭觉县选派到阿土列尔村的驻村第一书记帕查有格。皮肤黝黑的小伙子跟大家打了个招呼，非常腼腆：

"阿帕查有格米（彝语，我叫帕查有格），兹莫格尼（彝语，吉祥如意）！"

帕查有格的头上缠着青蓝色棉布头帕，头帕在额前左侧结成了一个好看的"兹提"（英雄结）。宽边大袖的短衣，裤腿肥大的彝裤，让他格外英姿飒爽。乡党委书记说，帕查有格从小就在彝区长大，是土生土长的昭觉人，是我们自己家的彝家娃娃，他在大山里边放过牛放过羊，很高很高的山都翻过。帕查有格到悬崖村，就是带着大家一起走向幸福路的。

帕查有格能来悬崖村，可是不容易。他的妈妈不同意，一直在反复地问帕查有格："能不能不去？"他的叔叔更不同意，决定去悬崖村那一年，帕查有格二十九岁，女儿才两岁。怀着二胎的妻子不说同意也不说不同意，看着帕查有格只是流泪。帕查有格铁定了心，一个一个做工作。他对妻子说，我们还年轻，我应该去闯一闯，尽自己最大努力，造福一方百姓，小家总要服从大家，是不是？帕查有格对叔叔说，能被选中去阿土列尔村做工作，是组织和彝胞对自己的信任，就冲着组织和彝胞的信任，就一定要把这项工作做好。帕查有格说服了叔叔和妻子，又跟叔叔、妻子一起做通了妈妈的工作。帕查有格临行前，妻子往他的包里塞了好多好多干粮，干粮的袋子上，落满了妻子的眼泪。

帕查有格是爬着藤梯来到悬崖村的。即便是从小在山里爬上爬下的帕查有格，第一次将脚踩在藤梯上时，腿也瑟瑟发抖。这是怎么样的路啊！人悬在半空，看不见前方，更看不见来路，看不见别人，更看不见自己，眼前只有白色的峭壁。爬过一遍藤梯，帕查有格晚上连做梦都悬在空中，四周都是白色峭壁，人悬浮在恐惧之中。那种感觉，帕查有格一辈子都忘不了。

帕查有格将妻子带的干粮分给了悬崖村的娃娃们。站在村子的土坝上，某色拉洛抱着儿子远远地望着，儿子不到半岁，还什么都不懂，冲帕查有格挥舞着小手，咿咿呀呀地笑着，叫着。可是，某色拉洛的心，分明动了一下，他在儿子眼里看到了光，他在自己的心里也看到了光。

帕查有格对某色拉洛说，要致富，先修路。这话说到了某色拉洛的心里。路，是摆在阿土列尔村面前的一道脱贫难题。虽然修路一直是阿土列尔村村民的渴望，但是通村路需要投资四千万元，而昭觉县全年财政收入只有一亿元，拿出将近一半的财政收入修路，当地财政的确难以承受。

然而，要想扩大经营并尽快改善村里的生存和生活环境，路就是阿土列尔村永远绕不过去的坎。帕查有格带着某色拉洛和村民们，在凉山州、昭觉县两级政府筹措了一百万元资金，决定把悬崖村的藤梯改造成更加坚固和安全的钢梯。

帕查有格在村里成立了业主委员会，某色拉洛懂得帕查有格的期待，他帮着帕查有格对村民们说："我们自己作为业主，自己来组织实施，我们是给自己修路，不是给其他的谁修路。"就这样，在帕查有格的带领下，某色拉洛和村民们将六千多根、总重量一百二十多吨的钢管一根一根背上悬崖，自己动手修建钢梯。

某色拉洛的决心很大，帕查有格却整夜整夜都睡不着。他暗暗担心，钢管最长的有六米，靠人向上背非常危险，一不注意就可能会被钢管顶到万丈悬崖下面去。他让大家做好准备，将所有的困难都想在前面。为了更好地工作，帕查有格大部分时间是住在悬崖村里的，谁家有出去打工的，就到人家家里借张床睡。从一开始爬上藤梯还会感到害怕，到后来一天来回走两趟都成了帕查有格的常态，半个小时他就能走一趟藤梯。

钢梯搭建好后，基础设施也顺着钢梯"连接"到了村里。村里通了手机信号，还通了宽带。阿土列尔村村民与外界的联系越来越频繁，某色拉洛在帕查有格支持下，开始上网冲浪，网上直播，将自己家的农产品通过网络销售到全国各地。帕查有格开玩笑说，大凉山的土豆也开始"乘风破浪"。

帕查有格发现，羊是阿土列尔村的主要产业。在这里，几乎家家户户都养羊，但是羊命由天，一遇灾病，羊便死亡过半。帕查有格便跟某色拉洛商量，在村里办个养羊合作社，让会养的人集中养羊，村民来分红。然而，说着容易做着难，什么叫入股？怎么分红？为什么这么做？好处在哪里？外界看来习以为常的事，常年处于闭塞环境的悬崖村村民却并不理解。

帕查有格一户一户地向村民们解释说明，到了后来，帕查有格的嗓子几乎都说哑了，某色拉洛便帮着帕查有格去做工作，村民们终于被说服了。最后，阿土列尔村召开了第一次村民大会，大家用土豆当选票，最后，97∶3，合作社的方案通过了。有了养羊合作社，养猪合作社、养鸡合作社，就都水到渠成了。

钢梯通了，产业有了，阿土列尔村还开设了幼教点，学龄前儿童不用下山，也可以免费上幼儿园了，解决了帕查有格的一块心病。看着孩子们坐在黑板前跟着老师一起说着普通话，帕查有格很欣慰，这些孩子是悬崖村有史以来起点最高的一帮孩子。帕查有格知道，他们就是悬崖村的未来，知识改变了他们的命运，也一定会改变悬崖村的命运，教育才是脱贫致富最根本的出路。

前不久，村子里八十四户贫困户陆续搬进了位于县城的易地扶贫搬迁安置点，彻底告别了爬藤梯的日子。新家宽敞明亮，里面还有政府提前为村民置办好的沙发、电视、床。从藤梯到钢梯，从钢梯到楼梯——幸福的日子，让某色拉洛有点眩晕，他时不时地带着妻子和孩子回到悬崖之上，寻找往昔的痕迹。按照帕查有格的设想，未来阿土列尔村还将建民宿、修索道，悬崖村将被完整开发成具有彝族风情的传统民俗村落。帕查有格说，搬迁并不是走了就不回来，悬崖村不是过去那样闭塞的小山村了，而是一个面向世界、拥抱世界的彝族村庄。

面向世界，拥抱世界，这愿景让某色拉洛激动不已。

五

凉山州府西昌。

邛海边有一座别有风情的彝族奴隶社会博物馆，静静地讲述着彝民族的历史变迁。博物馆内，矗立着一座巨大的雕塑。雕塑前的石碑上刻着："一根粗大的绳索，一段曲折的历史，一个觉醒的过程，一个崛起的时代。"

山水的阻挡与战乱的隔阂，曾让大凉山经历了一千多年极端封闭的历史。1935 年 5 月，中央红军先遣队司令员刘伯承与彝族当地头领小叶丹"彝海结盟"，帮助红军顺利通过彝区，标志着中国共产党的民族政策在此实践并取得重大胜利。凉山彝族自治州是中国最大的彝族聚居区，也是我国最后消除奴隶制的地区之一，是从奴隶社会一步迈到社会主义社会的"直过民族"。

直过民族，对许多人来说是一个陌生的名词。他们大多居住在边境地区、高山峡谷之中，世代沿袭着刀耕火种的原始生活。新中国成立后，他们从原始社会末期等阶段，未经阶级划分和土地改革，直接过渡到社会主义社会，因而被统称为"直过民族"。

"感党恩、跟党走、奔小康！""幸福都是奋斗出来的！""不怕眼前山高，只怕心中没路。"而今，在大凉山，到处可见一条条醒目的标语，这更是源自彝族人民心灵深处的真情呼唤。

2020 年 11 月 17 日，四川省人民政府批准凉山彝族自治州昭觉、布拖、金阳、美姑、普格、越西、喜德七个县退出贫困县序列。"硬骨头"中的"硬骨头"被啃下来了，标志着"中国最贫困角落"之一的四川大凉山整体摆脱绝对贫困。经过五年脱贫攻坚奋战，大凉山日新月异——新建了上万公里农村公路，易地扶贫搬迁 35.32 万人，落实财政配套扶贫资金两亿三千万元。

轰轰烈烈的山乡巨变正在眼前。不论是在三河村还是火普村，不论是在拉木觉村还是阿土列尔村，在大凉山，彝族人民正同这个崛起的新时代一道，走向蒸蒸日上的新生活。

天地不言，山水为证。

霓 虹

——吉林和她的七种颜色

东经 121° ~ 131° , 北纬 40° ~ 46° 。

中国, 吉林。

"吉林", 得名于满语旧名"吉林乌拉", 意为"沿江"。如果说中国的地图像一只昂首高歌的雄鸡, 毫无疑问, 吉林便是这只雄鸡明亮的眼眸。

没有到过吉林的人, 或许以为吉林只有白山黑水的黑白两色。熟悉吉林的人知道, 缤纷多彩、丰赡多姿才是吉林的本色——

吉林地貌形态差异明显, 东南高、西北低, 东部群山环抱, 中部江河相济, 西部草原广袤。大黑山自北向南将吉林分割为东部山地和中西部平原。数万年来, 冰川、流水、季风, 在这里侵腐、剥蚀、堆积、冲积, 雕刻出山地、丘陵、台地、平原、盆地、漫滩、谷地、冲沟等丰富多样的流水地貌。远古时期，已有人类在这片辽阔肥沃的土地上繁衍生息。悠长而深情的岁月，在白山、松水、黑土留下了鲜明的印记。

没有到过吉林的人，不会懂得吉林的丰富与复杂。熟悉吉林的人才懂得，吉林担负着国家边疆安全、粮食安全、生态安全、生物安全的重任——

朝鲜半岛、日本列岛、俄罗斯远东地区与中国东北构成的广大地理区域，便是大国力量交汇、为世界瞩目的东北亚，辐射中国、俄罗斯、日本、朝鲜、韩国、蒙古等亚洲重要国家。吉林，恰在东北亚地理几何中心地带，边境线总长 1438.7 公里，是国家"一带一路"建设向北开放的重要窗口，是近海、靠俄、临朝的"金三角"。

走！何不一起去吉林？

一、绛紫

中华蜂成群结队掠过天空，嗡嗡，嗡嗡，嗡嗡嗡，像一群轰炸机。

它们拼命地撞向宫彪家大瓦房明光锃亮的玻璃上，发出咚咚咚的声音，又快速地弹开，仿佛节日的焰火依次炸响。

蜜蜂的背上印着清晰的金、黑色条纹。它们抖动翅膀，快速飞翔，远远望去，像是一枚枚燃烧着的炸弹。

宫彪种了整整一院子的紫罗兰和三色堇。以前，他常常将这两种花弄混，但现在不会了，尽管它们有着极为相似的长卵形叶片。绛紫色的是紫罗兰，金紫和白黄相间的是三色堇，紫罗兰绛紫的花朵同紫色的茎脉紧紧纠缠在一起，三色堇的花瓣则像一张沉思的小脸——眉毛、面颊、下巴，甚至还有闪烁的大眼睛和眼角的笑纹。时序早春，可是花朵比大地里的种子还着急，它们早早地发芽、吐蕊，努力地拔节生长，热烈地怒放着。紫罗兰和三色堇开得鲜艳茂盛，美丽的花瓣在空中欢快地舞蹈、跳跃，馥郁的香气萦绕在屋前屋后，院子似乎是落满了蝴蝶的蝴蝶谷。

蜜蜂就是被这些花朵吸引来的。

宫彪在心里啧啧称赞，蜜蜂真的是一种神奇的生物，虽然它们的队伍成千上万，却从来不会飞错巢穴，也从来没有搞错过分工；蜜蜂也是一种非常勤劳的动物，只要天气晴朗，从不会懈怠出工。

宫彪服侍母亲吃完早饭，收拾好母亲的碗筷，迈着轻快的步子走到窗前，抚摸着蜜蜂映在玻璃上的影子。小家伙们使劲地鼓着收获满满的肚子，抖动着全是密密麻麻花粉的小腿。它们仰起头，一晃一晃地摆动着触角，充满了欢喜，充满了骄傲。远处，一轮红日冉冉升起，柔柔的光线暖暖地照在宫彪的脸上，他情不自禁地笑了。他打开房门，走向蜂群。小蜜蜂并不惧怕他，它们停在空中或者埋首花蕊，无暇他顾。通榆的春天来得晚，可是，太阳却火辣辣的，热情洋溢。阳光映照在宫彪家的新房上，屋顶的红瓦泛着夺目的光辉。

宫彪起了个大早。一年半以前，他搬进了新房子，搬家的喜悦至今仍然回荡在心田，每天他都要早早起来，将这喜悦仔细回味一遍。

宫彪是边昭镇天宝村天宝屯人。边昭镇所在的通榆县，是国家扶贫开发重点县，也是吉林省两个深度贫困县之一，有建档立卡贫困户 26138 户，贫困人口多、经济条件差，危房改造量最多、任务最重、难度最大。宫彪的母亲，七十四岁的范淑芹，是这个屯的三星级贫困户。范淑芹年轻时就罹患类风湿关节炎，几十年过去，她的手脚严重变形，完全失去了劳动能力。屋漏偏逢连夜雨，十多年前，老伴儿一场大病离开了人世。

范淑芹所住的房子，还是二十多年前建的两间土坯房。两个老人照顾自己尚有困难，哪里顾得上房子？宫彪的家也好不到哪儿去，房子里还住着妻子和两个孩子。老房子年久失修，屋里阴暗潮湿，墙皮一块一块脱落下来，一场雨、一场雪，对于这个家都是一场灾难。

破落的房屋，重病的公公和婆婆，望不到尽头的绝望的生活……宫彪的妻子不堪眼前的艰苦，逼着宫彪在离婚协议上签了字，毅然决然地扔下丈夫、婆婆和两个孩子，离开了家。

那年，宫彪刚过四十岁。

不惑之年，人生却充满了困惑。生活的沉重，压得宫彪喘不过气来。

宫彪离婚后，范淑芹就很少说话了。宫彪在家，她像一尊石化的人像，不动不说不笑；宫彪不在家时，她便坐在炕沿儿上长吁短叹，叹自己连累了儿子，连累了家。几年下来，范淑芹的病情越来越严重，终于有一天，老人家倒在炕上再也起不来了。范淑芹失去了自理能力，吃喝拉撒全靠身边的儿子来照顾。

宫彪每天的时间不是按分钟而是按秒来计算的。瘫痪的母亲、上学的孩子，再加上地里的活计，宫彪如同一个沉重的陀螺，艰难地旋转着。

日出而作，日落而息，勤快的宫彪将屋里屋外、院里院外收拾得干干净净、井井有条。可是，还是有一件事，宫彪始终放心不下。医生反复告诫他，老太太这个病，怕风、怕冷、怕寒、怕湿。老人所住的老房子阴暗潮湿，一到冬天墙上总会挂满白霜，不管炕怎么烧屋里也暖和不起来。看着母亲痛苦地蜷缩在被子里，宫彪的心里说不出的难受。

一人生病，全家吃糠，这在通榆，不是孤例。

通榆，是吉林省内唯一一个半农半牧的县城。新中国成立前，县内多为游牧民族，以放牧为主。新中国成立后，通榆开始以养殖结合农业耕作为营生模式。

2019 年 5 月，通榆县在精准识别贫困户的基础上，瞄准经济最困难、住房最危险的贫困户，全面调查走访、登记造册，将住房困难的贫困户全部纳入危房改造范围，不漏一户，范淑芹老人的房子由此也纳入了危房改造工程。

国家出钱给农民盖新房子了，这是宫彪做梦也没有想到的事情。盖了新房子，有了新的家，母亲再也不遭罪了，家里最难的事情终于有着落了。宫彪看着这做梦也想不到的事，乐得整宿整宿地睡不着觉，有时候，从梦里醒来还得掐掐自己的大腿，不敢相信好日子就这样来了。

五个月后，一个阳光灿烂的日子，宫彪将母亲从破旧的土坯房里抱了出来，搬进旁边的厢房。在对老房子进行一周的清理以后，危房改造施工队走进他家，开始打地基砌砖墙。半个月以后，一栋崭新的砖瓦房替代了又老又旧的土坯房。

"妈，咱们搬进新房子里啦！"

宫彪小心翼翼地抱起瘫痪多年的母亲，用被子包裹好，像抱着婴儿一般轻轻抱起来，走出厢房。沐浴着温暖柔和的阳光，宫彪大踏步走进了新家。

房前的紫罗兰和三色堇开得鲜艳茂盛，美丽的花瓣在空中欢快地舞蹈、跳跃。去年春天，宫彪试着在房前播下了花种，紫罗兰和三色堇便灿烂盛开。又是一年春，宫彪拿起仓房里的工具，兴高采烈地走出院门，准备去草场放牧。搬进新家那年，他还加入了村里的养牛合作社。时至今日，通榆的各个村屯，几乎家家户户都有牛羊。宫彪和伙伴们饲养的草原红牛，已经成为中国四大品种牛之一。

日子从此有了盼头的也远不止宫彪一家，宫彪的经历正是近些年通榆脱贫攻坚农村危房改造成果的缩影。在通榆全县共有两万余户同宫彪一样，深切感受着农村危房改造政策带来的幸福与喜悦。

通榆，2019 年，用三个月的时间就完成了 7223 户农村危房改造任务；2020 年，仅用 36 天完成了 1722 户危房改造任务。通榆创造了危房改造的奇迹，打造了危房改造"通榆速度"。五年来，通榆县累计改造危房 24276 户，极大改善了农村群众居住条件，实现了住房安全率 100%、群众满意率 100% 的"双百目标"。

在通榆，一幢幢、一排排崭新漂亮的新瓦房已经成为这里的一道美丽风景。

二、蔚蓝

准备，出发！

凌晨 3∶00，漆黑一片。

松原的冬天，滴水成冰，呵气成霜。

"老把头"张文早早地穿上羊皮袄，戴好狗皮帽子，他那布满了皱纹和沧桑的脸，被严严实实地裹在皮帽子里。

推开门，一道寒冷的气浪冲进来，与房间里热烘烘的空气纠缠在一起。张文走出去，寒风刺骨，脸上却火辣辣的。他深深地吸了一口空气，一股凉气渗入心肺，呛得他咳嗽起来。

伙伴们正急不可耐地等候张文的到来。二十多名渔工都厚厚实实地穿着棉衣、棉裤、棉鞋、棉帽，戴着厚厚实实的耳罩、围脖，排成一队，像一排裹成粽子的机器人，张文不禁笑了。

尽管渔工们已认真检查过工具，张文仍然认真地将工具一一翻查、检验。他们坐上马爬犁，张文吆喝了一声，出发！十几辆拉着堆积如山渔网、绞盘的马爬犁，如长龙一般，奔向广阔的查干湖。

查干湖蒙古语为"查干淖尔"，意为"白色圣洁的湖"，位于松原前郭尔罗斯蒙古族自治县。因为松花江和嫩江的交汇，松原成为一个多湖泡之地。查干湖水域面积达 60 万亩，是吉林最大的湖泊，也是中国十大淡水湖之一。

张文的父亲就是渔工，祖父也是渔工，祖祖辈辈生活于此，富饶的查干湖就是他们唯一的生计。查干湖冬捕始于辽金时期，距今已有上千年的历史，敬畏自然的理念与捕鱼的技艺一同传承至今。查干湖鱼类有数百种之多，以胖头鱼、麻鲢鱼、鳊条鱼、嘎牙子鱼和大白鱼等最为闻名遐迩。

如今，张文已经当了二十多年"鱼把头"。

"把"的意思，其实是"帮"，是指这一伙网的领头"帮头"，一伙儿人的领头人。中国北方的居住地常常有中原各处的人来此居住和走动，极有可能是他们往来之间将"帮"念成了"把"。也有人争议说，把，这个词可能出自我国东北少数民族语言，如蒙古族，他们常将英雄称作巴特尔、巴突儿、巴图，都是这个意思。蒙古语中的英雄，当然就是指民族的头人，于是逐渐演变成了"把头"之音。

"鱼把头"就是冬捕作业的领头人，冰上的"灵魂人物"。在渔工的眼里，"鱼把头"是他们心中公认的"好人"，有"神奇"的本领，能带领他们打到鱼。把头常常由"东家"指定或由小伙子们挑选，有些人早已在屯里出了名。"鱼把头"是捕鱼人的主心骨，特别是冬捕，这个人要从开始就被大家心中默认：他能带领这伙人打得着鱼。

不到四十分钟，马爬犁车队依次抵达查干湖。张文带领大家小心翼翼行驶在冰封的湖面上。夜色正浓，高空的星星闪闪烁烁，像夏夜里的萤火虫。

张文驾驶马爬犁，在湖面上仔细勘察。冬捕开始前，查干湖的渔工要让沉睡了大半年的网从网库里"醒来"，举行"醒网"仪式，就是以真诚的心去唤醒亲密伙伴——网。查干湖渔民的性格，像极了冰碴子，硬朗而直接，这无比神圣的仪式，就是他们敬畏自然的表露。

张文咋就知道哪里有鱼？他开玩笑说，因为他懂网。其实，大家都知道，张文能识冰，这是"鱼把头"之所以被称为"把头"的神奇本领。张文的绝活儿之一就是识冰。

四野一片漆黑，远方有野狼在嚎叫。张文打着手电筒一点一点地勘探，终于在湖中间的一处停下来——这里就是他选定的捕鱼的位置。"冬季，鱼群在冰下喜欢成群地聚集。由于鱼的聚集往往使水涌动，冰面上的雪便微微起鼓，这种冰面是有鱼群的征兆。"张文说。听着简单，做起来可是不那么简单。识冰，就是会看冰的颜色。有鱼群的冰层上往往结有数个气泡，气泡密集的方向是鱼群游动的方位，这样的冰层颜色发灰。还有就是会听冰下的声音，俗话称"听冰声"，把耳朵贴在冰面上，通过水流声，分辨出鱼群的位置。

几十年来，"老老把头"祖父、"老把头"父亲口传身授，扎扎实实地教会了张文不少绝活儿。张文继承了祖父和父亲的老手艺，同时也与查干湖融为一体，四季的迁移、湖水的境况、风霜雨雪的毫厘变化，他都明察秋毫，"鱼把头"有了孙悟空一样的火眼金睛，才能对神秘的查干湖、对冰面下的鱼群了如指掌。

张文镇定自若地指挥渔工们丈量冰眼距离和位置，大家每两个人一组凿冰、布网。渔工怀抱着二十多公斤重的冰镩，像神笔马良抱着神笔在冰封的湖面作画。这是他们"镩冰""炸冰"的工具，镩上白霜凝结，将寒光反射到远方。

渔工们先凿开一个直径一点五米左右的大冰眼，这叫作"下网眼"；之后用"冰镩"钻出近百个直径四十多厘米的冰眼。冬捕时一趟网由九十六块网组成，总长度为两千米，渔工用十一米长的穿杆带动渔网，将渔网顺入水中，跑水线的渔工娴熟地将渔网由上个冰眼制导到下个冰眼，最终让大网在冰下展开。布好的网，在湖面是看不到的，可是如果在水面之下就会发现，整整一平方公里的水域已经全部被这张大网合围起来。

晨光微曦，冰封的湖面如同战场，岸边已经有人聚拢，等待着渔猎部落的战斗成绩。巨大的渔网到达出网口，便由空网变成了"实网"。所谓"实"，不仅是虚实的实，也是"红"。也就是说，日出以后，这样的网可以开始"起网"，渔工们称其为"日头冒红网"，这就意味着这个渔猎部落今年将迎来大丰收。

太阳升起来了，在朝霞中露出红彤彤的面庞。霎时，万道金光透过云层，在冰面上染出一道道霞光。银白色的查干湖一眼望不到边，一个又一个冰窟窿下是蔚蓝的湖水，远远望去如同一只只闪烁的眼睛。张文和渔工们守候在大网四周。四匹健硕的骏马拉着机械绞盘打转，随着绞盘的转动，马轮子拉着网上的大绦，千米大网从冰湖内徐徐升起，冰面上泛起了水汽。岸边的人们越聚越多，他们紧紧盯着大网。渐渐地，朦胧的水汽之中，一条大鱼突然跃出水面，又一条大鱼跃出水面……鲤鱼、草根、胖头、麻鲢、鳡条、大白鱼，好多种湖鱼活蹦乱跳地在湖面腾空而起，好不热闹！

万尾鲜鱼，热腾腾地在冰湖上起舞——这"冰湖腾鱼"早已成为松原的一大盛景。随着一条条大鱼的跳跃翻腾，岸边的人们发出惊呼——这一网，已注定丰收。他们飞快地跑来，请求张文同意同鱼儿合影拍照，张文笑着一一允诺。

蔚蓝的天空、银白的冰面、金色的阳光、五彩的人群……相机将这时间定格在这一天、这一刻。查干湖，充满着收获的喜悦。

此时此刻，大网和绞盘上飞溅的湖水已经将张文和渔工们的外衣淋湿，湿衣服在寒风中迅速冻成冰壳，他们瞬间变成了一个一个移动的"冰雕"。

2006 年、2009 年，查干湖冬捕分别以单网冰下捕捞 10.45 万公斤和 16.8 万公斤两次创吉尼斯世界纪录。如今，每一年单网捕捞的重量都在刷新上一年的纪录。"可是，我们不能涸泽而渔，要给子孙留下生机。"张文说着，指挥渔工们将小一些的鱼重新放回湖里，"等你们长大了再见。"

而今，查干湖冬捕已经成为国家级非物质文化遗产。在久远的岁月中，一代又一代渔民们保护了自然，又依赖自然得到了生存。人类需要传承的，正是这种文化遗产。查干湖冰雪渔猎已经成为吉林省的标志性文化活动，更是"冰天雪地也是金山银山"的生动实践，依湖而居的松原百姓办起了渔家乐、农家乐，喜滋滋地过着幸福美满的日子。

三、雪白

清晨，潘晟昱便动身赶赴莫莫格湿地。

如常的一天开始了。

芦花摇曳，嫩水潺潺。浮动的晨霞和蔼蔼的月波交替升起，排列整齐的白杨树忧郁地俯瞰众生。湿地边缘鸟群留下的脚印深深浅浅、匍匐向前。白鹤成群结队，在潮湿的空气中高蹈轻歌。袅袅炊烟里，村民日出而作日落而息。数不清的日日夜夜过去了，而这里仿佛一切都未发生。

那些延伸在湿地里蜿蜒曲折的小路，那些横亘在松嫩平原上的大小湖泡，那些任凭雨打风吹依旧高挂在枝头的鸟巢，那些深埋在湿地之下沉睡了多年的岁月……这些，都写满了潘晟昱无比熟悉、无比亲切的故事。

大兴安岭由东北向西南绵延起伏，在镇赉留下连绵起伏的漫岗地、浅水滩、荒草坡，波涛汹涌的嫩江和温柔涌动的洮儿河在此交汇，江河沿岸形成了广袤肥沃的冲积平原——这便是物华天宝的莫莫格。莫莫格国家级自然保护区分布在镇赉县多个乡镇，据说光绪元年，蒙古族人游牧到此，发现了这里的美丽和安详，遂在此安营。莫莫格，在蒙古语里就是"行头"。

冬天的残冰还没有消融，潘晟昱的老朋友便都急不可耐地赶回来了——五千余只白鹤、灰鹤、白枕鹤和数万只大雁、野鸭等水鸟在此停歇、休养、补给——莫莫格迎来了候鸟北归高峰。

放眼望去，鹤舞莺飞，上下颉颃，生机盎然。潘晟昱拿出望远镜，支好三脚架，将长焦镜头对准了湿地里的鸟群。他这辈子最得意的就是定格镜头里的这些美丽生灵。

潘晟昱原本是一名摄影爱好者。这些年，河湖连通让莫莫格不再缺水，加上当地生态保护工作做得好，以前的荒地变成了湿地，大量候鸟回归。2003 年，潘晟昱萌生了生态摄影的念头，于是他开始以这些候鸟为对象拍摄。渐渐地，他发现，莫莫格竟然有不少世界罕见的珍贵鸟种。专家告诉他，在他的家乡莫莫格国家级自然保护区里，最珍稀、最重要的要属白鹤。潘晟昱一听，来了兴趣。他和朋友一起，驱车前往白鹤湖，据说那里有五千公顷的水面，白鹤经常在此聚集。

第一次见到白鹤，潘晟昱还闹了不少笑话。从前的莫莫格湿地，贫瘠干涸，潘晟昱长这么大，没见过白鹤，远远看到"鹤群"在那里逡巡，他高兴极了，端起相机就拍。等到他把照片放大细看，才知道那是农民家里饲养的大白鹅。还有一次，潘晟昱远远看见莫莫格湿地里有大群"白鹅"，等车靠近，"大白鹅"惊飞起来，那长长的脖颈、长长的腿，那骄傲的神态、迅捷的身姿——潘晟昱这才意识到这是鹤，赶紧按下快门，匆忙之中没有设置好快门速度，导致照片拍虚了。

现在对这些鸟类，潘晟昱可是如数家珍，甚至还没等鸟儿亮出翅膀，他便能够脱口而出它们的名字，白鹤更成了潘晟昱相机里的嘉宾：一只雪白的白鹤站立在湖边，像一位亭亭玉立的少女，展现着婉约的风姿，超凡脱俗；湖面上，一群白鹤轻轻掠过，它们伸长脖颈，扇动着美丽的翅膀，宛如仙女在舞动长袖飞翔；白鹤在空中排着整齐的"V"形或"Y"形飞过，远远望去，飘飘然如仙人潇洒飘逸，高傲的身姿婀娜动人、令人陶醉。

每年三月，白鹤从越冬地江西鄱阳湖北迁，来到镇赉停歇；五月，启程到北极圈里的雅库特地区繁殖；九月，再由雅库特飞还，全程一万余公里。而处于嫩江和洮儿河交汇处、适宜水鸟栖息繁殖的莫莫格湿地，正是白鹤漫长迁徙途中的重要"驿站"。每当用相机捕捉到白鹤振翅时那些肉眼看不到的丰满羽翼、美丽长喙，看到它们无拘无束地欢歌、翱翔，潘晟昱的心里就充满了感动。白鹤的一生历经迁徙和磨难，每一年要经历万里跋涉的艰苦太不容易，"鸟"生不易。但是不论经历怎样的磨砺，它们同人一样，遵循群体规则，尊重手足之情，更对幸福生活充满向往和追求。越是对鸟类多了解一分，潘晟昱就越觉得应该倾心尽力记录它们，更要倾心尽力保护它们。

近二十年来，潘晟昱用相机记录下白鹤在莫莫格湿地停歇的珍贵瞬间，并在全国各大媒体发表了大量稿件和图片，呼吁人们爱护生态、关注白鹤。2010年11月，中国野生动物保护协会授予镇赉县"中国白鹤之乡"荣誉称号，2018年潘晟昱和他的护飞队获得了中国野生动物保护协会的表彰。

现在，潘晟昱不仅拍鸟，还被聘为中国野生动物保护协会科学考察委员会常务委员、吉林白城护飞队队长。爱鸟、懂鸟、拍鸟、护鸟……潘晟昱肩上的担子更重了，他的名声越来越响亮，哪里有鸟受伤了，哪里又发现新的鸟群了，哪里的鸟有什么不对劲了……大家都第一时间想到潘晟昱。

"这个'鸟叔'，不干人事，净干'鸟事'。"刚开始时，还有些人不理解潘晟昱，他们认为，鸟嘛，又不是人，哪儿都有，管得了这只还管得了那只？管得了这些还管得了那些？这玩意儿管它干啥？潘晟昱就想办法给他们做工作：

——白鹤，它们自古以来就是我们的吉祥鸟，在中国象征着长寿、福瑞。全世界白鹤只有几千只，在很多国家已经灭绝了，只有中国、俄罗斯等国家能见到它们美丽的倩影。白鹤在原来喜欢留恋的印度、伊朗、阿富汗……几乎绝迹。白鹤对环境非常挑剔，只栖息于开阔的平原沼泽草地、苔原沼泽和大的湖泊岸边及浅水沼泽地带，在中国，它们也仅仅选择了吉林镇赉、辽宁法库、河北北戴河……作为迁徙的中途停歇地。因为白鹤选择了镇赉，选择了莫莫格，所以我们这里被称为"中国白鹤之乡"。

——白鹤非常机警，非常胆小，稍有动静，立刻起飞。白鹤是世界濒临灭绝的动物之一，它们濒危的最重要的原因就是栖息地遭受破坏和改变。此外，人类的非法捕杀、外来引入种群竞争、自身繁殖成活率低、国际性的环境污染，都会让它们数量锐减。白鹤属于国家二级保护动物，猎杀白鹤将会处以最高 10 年以上有期徒刑，并处罚金或没收财产。

——莫莫格，是白鹤眷恋的土地，全世界百分之九十的白鹤都会在这里停留。这对我们是多么大的信任！人类与动物同处地球村，是解不开、打不散的生命共同体，我们只有把这里的环境营造得温馨舒适、绿意盎然，它们才会选择来我们这里栖息。

几年来很多对立者、旁观者变成了志愿者，志愿者又去给更多的人做工作。越来越多的人明白了，这种有专属迁徙通道、每年春秋在莫莫格停留的白鹤，是非常珍贵的鸟种。这样一来，村民的态度就转为支持："白鹤，这是家乡的宝贵资源，任何人都不能祸害，每一个人都应该保护白鹤！"以前质疑的人没有了疑问，以前不懂的人变成了宣讲员，村民们不仅帮助潘晟昱宣传、巡查，还同潘晟昱一道，组建了近两百人的"白城护飞志愿者团队"。每年春秋两季，护飞队员便开始了"护飞"的忙碌工作。只要发现白鹤等候鸟到来，他们就会赶到湿地驻守，队员们把大部分的精力都放在了护飞上，伴朝晖、沐夕阳，用心用情去守护这群精灵，为它们的停歇、繁衍保驾护航。

　　现在，越来越多的人叫潘晟昱"鸟叔"，潘晟昱也坦然接受："我就要做一个爱管'鸟事'的'鸟叔'，我很开心！"潘晟昱觉得，这个外号让更多人知道他在干什么，可以带动其他人一起关注、关心、保护野生动物，宣传效果就像倒金字塔一样，一天比一天高，参与的人越来越多："在我们镇赉，绿水青山、冰天雪地都是金山银山！"

四、桃红

　　一夜之间，盛开的桃花炸响了沃野。

　　春风浩浩荡荡，带着君临天下的豪迈；春风旖旎摇曳，带着烟视媚行的羞涩——驻足在如云一般盛开的桃花之间。

　　春风一度，桃花十里。可爱的宁馨儿在枝叶间伸着懒腰，围绕着树干大口呼吸，张开僵硬的翅膀，吐芽，生长，蔓延，像蝴蝶一样不断地蜕变，一层层地从冰封的寒冬里挣扎出来，舒展开蜷缩了几个月的身子，用更多的颜色装点身姿，直到春雷轰然炸响，哗啦啦地便漫天遍野地肆意开放。

桃花坞里桃花庵，桃花庵下桃花仙。桃花仙人种桃树，又摘桃花换酒钱。酒醒只在花前坐，酒醉还来花下眠。半醒半醉日复日，花落花开年复年。

唐寅的诗在春风里生长，同桃花一样开遍山岗，开遍沃野。

田垄边那几十株桃花开得最好，像打翻了画家的调色盘，粉红色的花朵云一般散落在桃树上，晨雾一样迷离，朝霞一般璀璨，将站在桃树下的人们的面孔照得亮亮堂堂。他们穿着整齐的蓝灰色工装，整齐地排成一队。排在队首的潘修强已经年过半百，健硕，敦厚，笃实。同样的工装穿在他的身上，像是有着一种特别神圣的仪式感，领口系得妥妥帖帖，袖口卷到臂弯，好像随时准备出发去参加一个重要的会谈或者会议。潘修强不时走进旁边的蓝白色"大临"——大型临时建筑里，对着大屏幕发布指令："解锁——各项数据正常——起飞！"无人机拍摄的实时镜头在大屏幕上清晰可见：高天阔云之下，灰白色的地块散落分布，而靠近"大临"附近的地块，却呈现出象征着生命力的黑褐色。

潘修强是中科佰澳格霖农业发展有限公司董事长。五年前，他带领团队从脚下这块土地起步，开始了盐碱地改良和现代农业综合开发的尝试。

白城大安，位于吉林省西部松嫩平原腹地。嫩江，自大兴安岭伊利呼勒山麓发源，由北向南，一泻千里，在大安台地转向东南，形成了广袤的科尔沁草原。"科尔沁草原"，蒙古语的意思是"弓箭手"。原始的泉河，原始的植被，原始的天空，原始的风味，平坦而又柔软的天然绿茵场，写满了美丽的传说、动人的故事。仰天远望，云在游，风在摇；闭眼倾听，鸟在叫，羊在唱。大自然倾尽其伟力，在这里创作了一首优美的田园交响曲。

然而，这里却是吉林历史上最贫瘠的地区，也是白城历史上盐碱地最为集中的地区——全市 203 万亩耕地之中，盐碱地面积达 174 万亩。松嫩平原缺少河道，草场每年的蒸发量远远大于降水量，多年来风化、碱化、沙化形成了大面积盐碱地，成为制约农村发展的瓶颈。"夏天水汪汪，冬春白茫茫，只长盐蓬草，不长棉和粮。"盐碱滩上世世代代传唱的歌谣，诉说着黑土地的心酸。

辽阔的沃土，只能这样任其盐碱化吗？在黑土地土生土长的潘修强偏偏不信邪。一次偶然的机会，从事医药行业的潘修强赴欧美考察，"智慧农业"这个概念吸引了他的目光，他敏锐地感觉到未来中国农业的市场是巨大的，未来中国农业也会有天翻地覆的变化，这是中国农业的方向！

2016 年，潘修强带领团队从智慧农业入手，在大安盐碱地这片战场上开展生态型土地整治攻坚战。

究竟是什么神奇的力量让"盐碱地"变成"鱼米乡"？盐碱地号称是地球的"癌症"，治理难度之大，超出常人的想象。潘修强说，改良必须以降低土壤的盐分为主，只有将盐分降低，才能根治顽疾，解决水稻生长的生理性障碍。中科佰澳采取以水洗为主，辅助改良剂和生物菌剂等方式，总结了一套系统的技术措施，根据苏打盐碱地土壤遇水易溶、水干成块易裂的特性，中科佰澳进行了田间道路、上水渠和泄水渠的设计，既可同时满足种植、农机和水利等几方面的需求，又能方便田间管理、运输和现代化农业机械作业，采用单排单灌设计方式，保证上水和排水的畅通，减少后续维护，满足水稻种植需要。与此同时，主要改良土壤的种植层，淡化表层大约20厘米的深度，达到满足水稻正常生长需求，从而降低改良成本。团队研发了专用袖式水龙带，彻底解决了上水对渠道的冲刷，避免了因盐碱土特性导致的渠道塌方，也减少了水分的蒸发和用水量，节省了看水的人工投入。

通过这种"淡化表层"和"熟化耕层"，经过改良的盐碱地pH值从11降至8.5以下，盐分降到0.3%左右，土壤有机质提高2%以上。整理后的水田每块3亩，平整度达到±2厘米，渠系方田化，适合大型机械作业，耙地后达到"寸水不漏泥"，有利于控草和上水管理。基地工程质量好，成了远近闻名的标杆型工程，减少了后期田间管理人员，降低成本，减小了劳动强度，完全满足了水稻的种植需求。

智慧农业，首先需要的是大量的智能化装备。潘修强首先着手研发京东云的一个农业管理系统。未来土地的管理者可能不是从事农业的农民，单是通过这个京东云系统，就会把他变成一个合格的新农人，包括管理系统、控制水利。"我感觉中国未来的农业会有天翻地覆的变化，农民承包地'三权分置'以后会出现很多农业托管公司，也就是说，这块土地属于某个人，但实际种植、管理、产品销售等，都由专业人士来运营。"潘修强说，"我们就是这样的专业人士。我们可以对整个村落、整个乡镇甚至整个县域的土地进行托管运营，根据土地的不同性质进行不同的运营，比如过去一个农场种十几种、二十种蔬菜，托管运营后上千亩甚至上万亩土地只进行单一品种种植，在单一品种上做到极致，之后进行不同距离城市的农产品配送，这样就实现了农业经济效益的最大化。"

大安有外来地表水，可以在盐碱地上种水田。潘修强估算，国家最缺水田用地指标，一公顷水田指标可在国家平台上给当地政府奖补240万元。有数据显示，大安未来盐碱地可开发面积在吉林省是最多的，大概有3万公顷，如果能把这3万公顷土地都纳入国家奖补平台，可以为吉林省增加超过700亿元财政收入，将为保证国家粮食安全做出巨大贡献。

可是，这毕竟还只是一个美丽的愿景，能实现吗？有人疑惑。

潘修强信心满满，能实现！人人肩上重担挑，秋后产量见分晓。"过去咱这地方是'盐碱卤水硝，吃鱼河里捞'，谁也不敢种地。这几年，我们让农民放心种上了水田，盐碱地新开垦的水田亩产已达到1000多斤。我们已经成功对6.5万亩盐碱地完成改造，让这些土地长出了深受市场欢迎的弱碱性水稻。这样算来，为国家新增耕地37500亩，今年和明年会给大安市新增财政收入60亿元。"此外，潘修强团队还对土地实施精细化的田间管理和现代化农业机械作业，采取养鸭、养蟹的种养结合方式，建立绿色生态链。"古人说，春江水暖鸭先知。在我们这里，春江水暖，鸭蟹先知。"潘修强笑呵呵地说。春江水暖，鸭蟹先知，这是吉林西部盐碱地治理改良的真实写照。

藏粮于地，藏粮于技，才能让"盐碱地"变成"鱼米乡"。只有这样，才能实现黑土地脱贫致富、乡村振兴、跨越发展的巨大飞跃。

测量湿度、风速、土壤温度……桃花林里，穿着蓝灰色工装的人们正在紧张忙碌，记录试验数据。远处，有人引吭高歌自编的小曲：

阡陌虫声远，沟渠水皱疏。

老牛哞语诉荒芜，羸弱变丰腴。

又道谁家女子，改换新妆如此。

秋来贵客沐清风，平仄诵葱茏。

新农业的引领者，造福地方的践行者，生态环境的守护者——这是中科佰澳格霖农业的定位。中科佰澳把"让世界的盐碱地变为沃野良田"作为企业愿景，擘画了美好未来。2018 年，他们与袁隆平院士团队合作，建立了东北三省唯一的袁隆平院士实验基地，共同培育抗盐碱的水稻品种，探索品种改良方法。与中国农业大学、吉林省农科院、吉林农业大学等多家院校建立了合作关系，借助高科技平台，打造集盐碱地研发、试验和示范于一体的综合基地。

潘修强拿起手机，打开"云监工"。互联网的那头，白城市网红大楼的带货主播正卖力吆喝："三系稻花香，透亮、甘甜，实在是香啊！"

桃花坞里桃花庵，桃花庵下桃花仙。

桃花林下的黑土地，正在从冰封中渐渐苏醒。

五、碧绿

世界一下子静下来，日子一下子静下来。

于德江走在山林里。

天地寂静，山野寂静，四周只有他的脚步声。

远处传来一声嘶鸣，是马鹿还是黑熊，抑或是东北虎？路边，一只狍子横穿而过，看见他，猛地站住，立起胖胖的身子，竖起弯弯的犄角，瞪着他同他对峙，冰天雪地里格外醒目。于德江笑了，傻狍子果然是只傻狍子，真的是傻透了。他常常在路边捡到被车撞伤的狍子，它们不怕人，见到人就这样傻傻地站住，呆呆地与人对峙，可是，这小傻瓜的血肉之躯能挡得住大汽车的钢铁骨架吗？

小年过了，山里越发冷清。还有六天就要到除夕了，于德江掰着手指数着。不，不能掰手指，零下三十度的气温，滴水成冰，裸露的皮肤转瞬间被冻伤。他穿着厚厚的棉衣，可还是挡不住山里刺骨的冷风，雪花落在他的脸上、肩上、身上，越积越厚。他用厚厚的围脖裹住了面孔，他呼出的气息在眉毛、睫毛上结出厚厚的冰霜，他想象着自己的模样，就像一个会走路的雪人。小时候，他一看到下雪就欢呼雀跃，跑出去打雪仗、滚雪球、堆雪人，在雪人的头上插着一根胡萝卜，每到这时，雪人工程就完工了。现在，他和雪人之间，只差一根胡萝卜。

于德江在心里数着——

一、二、三、四、五、六，六、五、四、三、二、一；

一、二、三、四、五，五、四、三、二、一；

一、二、三、四，四、三、二、一；

一、二、三，三、二、一；

一、二，二、一；

一，一；

一；

一；

……

数着，数着，年，就这样来了。

每一年的这个时候，他都会这样数着天数，就像牙牙学语的孩子在学数数。

一个人的年，一个人的家。

除夕终于到了，像往年一样，于德江给自己包了三十个酸菜馅饺子。他小心翼翼地将饺子倒进沸腾的大铁锅，等锅里的水沸腾加进冷水，再次沸腾再次加进冷水，第三次沸腾，饺子便可以捞出来了。一个饺子皮儿都没破，好兆头！于德江得意地看着自己的杰作，倒了一杯老白干奖励自己，对着镜子，祝福里面的那个自己："德江，新年快乐！"

一个人的家，一个人的年。

长白山维东保护管理站站长于德江不是没有家。他的家，在大山外，而他的岗位，在深山里。某一年的除夕，寂寞的于德江在日记里写道："过年了，我也想家，此时家里正在热热闹闹地准备着年夜饭吧？烟花有多绚烂，我的心里就有多牵挂，想念着母亲的一手好菜，想念着父亲理解的微笑，想念着当兵的儿子也在岗位坚守，也想念着妻子温暖的拥抱。"

不，准确地说，于德江的家，在大山里。他是守山人，长白山林海中的九座保护管理站，就是守山人的家。起伏的群山、茂密的林海是大山的繁华，挺拔的白桦、黝绿的松林是大山的热闹，神秘的野兽、翱翔的飞鸟是大山的喧嚣，曼妙的青苔、淙淙的林泉是大山的荣耀，可是，于德江的生活与繁华无关，与热闹、喧嚣、荣耀都无关。

他只有寂寞，寂寞是他每日的工作，寂寞是他的一切。

于德江还有许多好听的绰号——森林卫士，林海哨兵。士也好，兵也罢，于德江却没有军装、没有工装，更没有职称。他有的，是对大山无尽的爱。

长白山，地跨安图、抚松、长白三个县，是大自然留给吉林的永世财富。1960年，经国家批准建立长白山自然保护区。以天池为中心，南、西和北三面围成长白山自然保护区，总面积196465公顷，野生动物1588种，野生植物2806种，树木蓄积量4400万立方米。

长白山从山麓到山顶，随着海拔的升高，呈现出针阔叶混交林带、针叶林带、岳桦林带和高山苔原带四个植物垂直分布带，呈现出"一山有四季，十里不同天"的景色。万顷原始森林里草木森森，鹿鸣鸟啭，瑞气氤氲，这是地球上保存完好的庞大原始森林系统，森林覆盖率高达85%，被誉为中国东北"生态绿肺"。

这片广袤的原始森林，这个数千种野生动植物生存的天堂，20世纪80年代被联合国教科文组织批准加入"人与生物圈"保护区网，成为世界自然保留地。长白山还是松花江、图们江、鸭绿江的三江之源。生态环境优越，天然水系丰富，让长白山之水天下闻名，与阿尔卑斯山和高加索山一并被公认为"世界三大黄金水源"。

天地有大美，奇绝长白山。

百兽栖息地，千鸟竞飞林。

这是来到长白山的文人墨客为长白山吟咏的诗歌，写得真好。于德江将它们牢牢记在心里，以后在山里遇到游客，可以这样对他们夸耀。

于德江对长白山的每一棵树、每一座峰、每一条河、每一个故事都如数家珍。老一辈守山人告诉他，远古时期水神共工与火神祝融争战，共工兵败，气急之下用头怒撞不周山的撑天之柱。天柱崩溃导致天庭塌陷，天河水从天豁峰处灌入人间导致洪水泛滥，女娲娘娘为民福祉，在大荒之中不咸山无稽崖下烈焰冲天、岩浆翻滚的巨大火山口中，炼出炼成了高经 12 丈、方经 24 丈的顽石36501 块。女娲用了 36500 块五色石，堵住了缺口，只单单剩了一块未用，留了个小小的豁口，叫天庭之水缓缓地流下沃灌人间，形成了通天乘槎河，又斩下龟足把倒塌的天边支撑起来。那无用之石便遗弃在青埂峰下，就是今天的长白山，那水便是长白山天池。这块补天石后来还演绎了一场悲金悼玉的红楼梦，这些都是后话。

　　传说天庭之水沃灌的长白山天池里还住着上古神兽，晚清《长白山江岗志略》这样记述："自天池中有一怪物浮出水面，金黄色，头大如盆，方顶有角，长项多须，猎人以为是龙。"这些年来，长白山越来越名播遐迩，各个国家的科学家争先恐后来到长白山，在这里开展试验。他们发现，天池是火山喷发形成的高山湖泊，四周被十六座群峰拱护，这里草木不生，自然环境险恶。奇怪的是，一般高山湖水中极少含有机质及浮游生物，科学家在乘槎河里却不断发现生命体的存在。这些生命是如何在高寒险恶的环境生存下来，又进化到生物链的顶端？这真令人百思不得其解，连科学家也没有答案。

　　于德江将他对长白山的爱融入了每一天。

　　长白山无限风光的背后，是无数个于德江这样的守山人的无私奉献。他的职责只有上限，没有下限：防火、防盗、防风、防沙、防虫、防病、防害、防止游人走失……守护长白山没有捷径，多巡查，多防范，才是硬道理。一座山、一条路、一段坡，于德江对这里比对山外的家里都熟悉。每一寸土地都需要他用脚步丈量。守山人有多苦？于德江说不出来，他只知道，自己每天要在烈日暴晒或者风暴肆虐中穿越数十公里的泥泞丛林，一路上还要遭遇蚊虫叮咬、野兽袭击。有一种害虫叫草爬子，每年春夏都在偷偷"骚扰"守山人。巡山时，草爬子悄悄落到人的身上，潜伏下来。于德江被草爬子叮咬不是一次两次、一天两天的事了，有时候满身红肿，随之高烧不止，曾经有同伴因此得了森林脑炎，差一点儿见了阎王。这些年好了，有了预防草爬子叮咬的疫苗，于德江的心里踏实了许多。

长白山自然保护管理中心现有五百余名守山人，这就是奔波在深山林海的于德江的同伴们。他们都有一个朴素的名字——管护员。他们还有许多骄傲的称谓——千里眼、铁脚板、活地图。这是对他们的最高赞誉："千里眼"是瞭望塔上的瞭望员，十五座瞭望塔，辐射全区 80% 的区域；"铁脚板"是每一位守山人的称呼，每年他们巡护里程高达十二万公里以上；"活地图"是在夸他们对山里地形了如指掌，即使没有 GPS 全球定位系统，他们也不会迷失在深山林海。

守山人的岗位在山里，每次巡山，所有的衣食住行都要自给自足。上山前，必须备好半个月的给养，而且要自己背到山上来。春季进山时，山路上厚厚的积雪还未融化，从山下走到山上，衣裤已被积雪和汗水填满。到了山上，凛冽的风瞬间便将人牢牢地冻住。瞭望台海拔高，温度低，瞭望员大都患有高血压，治疗的前提就是远离高海拔低温处的生活，可是岗位上怎么能没有人呢？

最艰难的是遭遇风暴，气温陡降。于德江记得有一次，他和同伴在巡山路上遇到天气突变，所带粮食不足，只好每天减少一顿饭。大雪封山，积雪半人之深，上山、下山都只能爬行，短短几公里路，于德江和他的伙伴们要爬上十几个小时，他们的手上开出了"血花"。突来的困难延缓了行程，背囊的食物已尽，寒冷加上饥饿，他们靠积雪充饥，完成了任务。

于德江走在山林里，四野寂寞，天地寂寞。

他就这样走啊，走啊，走啊。

长白山的绿水青山，正是于德江这样的守山人一步步走出来的。

2020年，长白山自然保护区建区60周年，一代代守山人成为庆典的主角。60年来，他们顶风冒雨、趴冰卧雪、风餐露宿，在茫茫林海中昼夜巡护，走遍了长白山的山山水水、沟沟岔岔，累积巡护里程4000多万公里，可绕地球1000圈。他们用双足换得"铁脚板"，用坚守练就"千里眼"，用经验绘成"活地图"。一家三代人、一门三兄弟护山、守山的故事薪火相传，淬炼出"天然天成、尚德尚美、创业创新、自立自强"的长白山精神。

这是一座有着神祇守护的神圣山峰。其实，无数个于德江才是守护着这神山圣水的神祇。是的，在这里，每一棵大树都有记忆，每一条河流都有历史，每一座山峰都有故事，它们绵密而悠长，汇成了长白山的传说。

松涛阵阵，流水潺潺，峰峦叠嶂，如果你俯身倾听，你会听到——岁月，正在低声讲述着守护者的不老传奇。

六、金黄

月光如水，映照无眠。

蔡雪一个人走在田埂上。风，掠过她的长发，吹拂她的裙裾，鼓荡她的思绪。

稻田里，成熟的稻穗笑弯了腰，一个又一个笑弯了腰的稻穗汇成了波涛汹涌的稻浪。蔡雪温柔地用手抚摸着随风高蹈的稻穗，稻穗更加温柔地回应着她的抚摸。月光照在她的脸上、她的肩上，镌刻出她雕塑般的身影。她像一个在大海中遨游的小人鱼，痴痴地寻找海底失落的光。蔡雪痴痴地想，也许，我的命运就是在某个清晨，化作泡沫，浮上海面，在咸涩的海水和泪水中挥别我永远的挚爱。

夜色浓重，晨露生凉，田野寂静如洗。远处的凤凰山低伏着山脊，像一队队枕戈待旦的武士。秋蝉高鸣着，在枝叶间低低地掠过。溪河静静流过，温驯、沉默，经过一个转弯，又一个转弯，不期然地发出一声低吼，又一声低吼，之后又是无尽的温驯和沉默。萤火虫停泊在水面的腐叶上，远远地漂来，撞到另一片腐叶，打了个转，继续前进，照亮了好长的一段水程。

早秋的清晨，天还没有亮，月光水银一般倾斜而下，薄雾生凉。蔡雪在田埂上走着，夜晚在她的脚步声中轰然作响。

这两个月，一桩接一桩的好事让蔡雪兴奋得睡不着觉。

年纪轻轻的蔡雪，两次上了央视《新闻联播》，一次是在总理主持召开的座谈会上，蔡雪畅谈自己大学毕业返乡创业的体会，就完善乡村振兴人才激励机制提出建议；一次是在《吉林：用实干作答以发展求变》新闻报道中，蔡雪在镜头前侃侃而谈："我去过日本、韩国和欧盟考察农业，亲眼看到越是生产规模化、机械化程度高的合作社，其产品在市场上也就越有竞争力。"这让新型职业农民典型和大学生返乡创业典型、"90 后"青年蔡雪，与她代言的知名品牌——舒兰大米一道声名远扬。

2013 年，蔡雪大学毕业。与她的同龄人一样，她首先选择了北上广深这样的大城市。就在同学们还在观望犹豫的时候，蔡雪很快就以聪明伶俐、勤奋踏实成为公司的骨干，不久便被提拔为上海一家公司的中层负责人。

然而，她的命运在一次回舒兰探亲中发生了转变。

蔡雪在南方吃不惯当地的籼米，回到家里，她发现，因为有着独特的地理位置和自然气候的优势，舒兰大米格外米香四溢，唇齿留香。然而，这么好的大米为什么卖不到南方？酒香也怕巷子深，稻米市场竞争格外激烈，舒兰大米在市场上得不到认可。销路决定出路，舒兰大米的销路不畅，怎么会有出路？怎样才能打开舒兰大米的销售渠道呢？蔡雪陷入了沉思。

与其临渊羡鱼，不如退而结网。蔡雪决定辞掉公司的职务，回家乡创业。

公司的同事们听说了，都跑来劝她，他们舍不得她，更不理解她，不明白她何以这么毅然决然。年纪轻轻，前途无量，美好的未来在向蔡雪招手，难道这一切说放弃就都放弃了？蔡雪却吃了秤砣铁了心，她试图说服同事："我不懂水稻种植，销售经验也是微乎其微，但是我想为家乡做点有意义的事，让一成不变的家乡换个样子。"蔡雪忘不了小时候看着父亲光脚在稻田里劳作的场景，那是她童年的美好记忆，她有责任让父亲、让乡亲都过上幸福生活。

辞别南方，回到舒兰，已经是 2014 年的 8 月。蔡雪说干就干，不到一个月时间，便同父亲在溪河镇双印通村注册成立了舒兰市农丰水稻专业合作社——只有两个人的合作社。

舒兰位于长白山余脉向松嫩平原过渡地带，舒兰多为冲击水稻土、草甸型水稻土，独特的地理位置给予了舒兰独特的禀赋，肥沃的土壤让水稻在舒兰历史中成了不可替代的元素，历史上舒兰是黑土地的"黄金水稻带"，盛产有名的舒兰贡米。

蔡雪发现，成就好的大米，不仅需要好的土壤资源，还需要好的水系资源。在南方乡村，江河湖泊星罗棋布，水系发达。北方却干旱少水，水稻一般采用抽水灌溉，可是，地下水的水温较低不利于农作物生长。舒兰则不同于一般的北方地区，发达的天然水系完美地解决了灌溉问题，同时，水系远离人口聚居区，周边没有大型工矿企业，这让舒兰大米的质量得到了极大保证。

这一年，蔡雪报名参加了新型职业农民培育工程。期间，她被舒兰市推荐，随同吉林省的考察团赴日本考察当地农业。日本农业的"一村一品"产业、管理、销售模式等，让她受益匪浅。

这些让蔡雪深深受益，也给予她极大的信心，她准备把舒兰大米做成高端产品，推出舒兰高端大米品牌"三莲"。蔡雪的想法和干劲感染了村里的乡亲，不久，五十多户农民加入了她的合作社，合作社负责统一采购、种植、销售。蔡雪担任理事长，负责打造品牌和对外销售。

蔡雪的"三莲"大米与众不同：以物理、生物方式除虫取代了农药除虫；以稻田养鸭、蟹、鱼及人工除草的方式取代农药除草；以大量施有机肥的基础上合理配方施肥的方式，取代原本化肥施肥方式；在防病上，由生物制剂取代原来的化学制剂……这些成就了现在多样化的舒兰大米。

优质大米生产出来了，如何打开市场？从免费送做赞助，到客户的认可，到现在渐渐形成了一个健全的销售网络。就这样，蔡雪在一二线城市中成立了自己的品牌专卖店，在北京、上海、江苏、浙江、山东等地不断发展经销商、代理商，展开大宗团购采买。跑展会，完善线上线下销售网络，蔡雪忙得不亦乐乎。

尽管才二十几岁，但蔡雪在上海见过大世面，是个"点子大王"。

——2016年，蔡雪先后赴日本、韩国、欧洲等地考察学习，并参加了吉林省青年农场主培训班。

——2017年开始，蔡雪尝试以水稻文化为主题，发展观光农业：采用24小时物联网全程可追溯体系，结合稻田观光、水稻文化、农事体验等环节，向着现代化的稻田综合体目标前进。

——2018年，舒兰市农丰水稻专业合作社理事长蔡雪还与香港中港安全食品协会建立"有机水稻种植合作基地"，让"一亩田"私人农场项目进驻香港。

——依托父亲的舒兰市吉米粮食有限责任公司，蔡雪建立了"公司＋基地＋农民"的经营模式，让每户社员平均增收6000多元；平均为每户农民创造工资性收益1万多元。

经过五年的发展，蔡雪的农丰水稻专业合作社拥有土地7000亩，涵盖两个乡镇的4个村，带动了146位村民就业，发展成为集新技术推广、稻米加工、销售于一体的专业合作组织。"三莲"牌有机大米也由单一品种发展成有机稻花香、生态长粒香、珍珠米和杂粮等系列产品。

如今，随着蔡雪知名度的提升，来舒兰调研考察的人越来越多了，交流、演讲越来越多，但是蔡雪做好大米、卖好大米的初心依然不变。线上线下融合发展、开大米社区店、加入银行团购会员平台……蔡雪正在一步步建设着自己的"大米帝国"。

被全国妇联授予"全国巾帼建功标兵"荣誉称号、入围第十一届"全国农村青年致富带头人"名单、成为首届吉林市十大农村创业创新明星……蔡雪厚厚的荣誉簿上不断增添新的篇章。

站在新的起点，蔡雪给自己定了一个"小目标"：做好电商、组建专业的营销团队、发展好家庭农场。时间过半，任务完成亦过半，北京、上海、昆山、杭州、宁波、香港，数万公里的飞行距离，"空中飞人"蔡雪从不喊累，全身心的付出换来的是雪片一样的订单。蔡雪挥洒着汗水，谱写着一曲青春之歌。

蔡雪的雄心或者野心可不止在舒兰。她知道，吉林省是农业大省，是著名的大"粮仓"，地处世界"黄金玉米带""黄金水稻带"。金黄的稻田里，有着她的梦想，也有着她的蓝图。

天渐渐亮了，雾气愈发浓重。凤凰山青黛色的轮廓退到了遥远的背景中，与天色融合一体。溪河水汩汩流淌，沉默、坚韧。秋蝉累了，停止了嘶鸣。萤火虫也累了，隐身在晨光里。仲秋的早晨宁静而熨帖。

蔡雪一个人走在田埂上，不知疲倦。她清瘦的背影就像一棵饱满的稻穗。看着夜色渐渐褪去、天光渐渐变白，蔡雪的心里充满了喜悦。从北京回到舒兰，她心里的那个梦愈加清晰了。

蔡雪俯下身来，抚摸着随风舞蹈的稻穗，稻穗争先恐后回应她的抚摸，与她喃喃私语。蔡雪听得懂它们在说什么，她知道，自己的选择是对的，这种怀抱着收获的踏实感觉，就是幸福。

晨曦里，金黄的稻穗随风摇摆，远远看去，像一片金色的海洋，不，比波涛汹涌的大海还要壮观。滚滚稻浪将大地染成一片金黄，将天空染成一片金黄，这殷实的、蓬勃的、浩荡的金黄，向蔡雪呼喊着成熟的喜悦。田野里，弥漫着稻子的馨香。聪明的鸟儿已经捷足先登了，它们在稻田里捡食脱落的稻粒，用尖尖的长喙拨开沉甸甸的稻穗外壳，洁白的米粒跃然眼前。

远处，数十辆联合收割机整齐地停放在路旁，穿着制服的驾驶员正在忙着出工前的检测。蔡雪知道，充实而繁忙的一天，又要开始了。

七、油黑

入伏了，太阳烤得大地火辣辣的。

一望无际的庄稼地里，一人多高的玉米已经结棒。一排排玉米秆像一个个威武的士兵，笔直地挺立着。微风吹过，绿得发亮的叶子随风摆动，发出扑扑簌簌的响声，如同轰然作响的命运交响曲。

王贵满在地里走得急，汗水顺着他黝黑的脸颊小雨似的流下来，湿透了他的挂在脖子上的毛巾和衣衫。他不时将毛巾拉下来，使劲地擦着脸上的汗，拧干了，又挂回脖子上。王贵满眯着眼睛，穿梭在庄稼地里，一边疾走一边打量着脚下的黑土地，时而查看玉米结棒情况，时而弯腰薅起一棵玉米秆，查看玉米的根须。看到玉米将根深深地扎进土里，他的脸上露出了笑容。看到玉米的根须盘成脸盆大的一坨，他的脸色陡然阴沉起来。

作为四平市梨树县农业局副局长，王贵满明白，那是因为下面的土地发黄、变硬、板结、退化了。

他蹲下来，抓起地里一把已经板结退化的土块，用力一攥，手里的土块渐渐碎掉，海沙般从指缝间流下来。黑土不仅变成了黄土，还失去了黏性。

令人痛心、忧心的"黑土之殇"！

王贵满 1979 年从梨树县考入延边农学院农学系，毕业回到家乡从事农技推广工作。一晃四十年过去了，他的生命始终围绕着黑土地，黑土地的每一分成长、每一分疼痛都牵扯着他，让他为之歌唱、为之忧伤。

耕地，是四平粮食生产的"命根子"；四平，是吉林粮食生产的"大后方"。四平市梨树县历来是"一两黑土二两油，守着黑土不愁粮"，肥沃的土地插根筷子都能发芽，耕地面积达 400 多万亩，粮食总产量多年保持在 50 亿斤以上，名列全国粮食生产十强县。

但是，高产背后却是黑土地的长期透支。20 世纪 50 年代，由于粮食生产的需要，我们开始对东北黑土区进行大规模的垦殖，自然草甸变成了良田。过度开垦加速黑土地的水土流失，大量肥沃黑土层消失；地表裸露，春季风蚀，带走大量表层土壤，导致黑土肥沃表层变薄；秸秆离田、有机物投入减少、频繁耕翻等造成黑土地有机质含量降低；土壤有机质含量降低导致一系列土壤性质的恶化，最终导致黑土地退化。此后几十年来，由于大量使用化肥农药，黑土地耕作层土遭受更加严重破坏，"二两油"变成了"破皮黄"。

王贵满看到一份报告，东北黑土地近六十年土壤有机质含量平均下降 1/3，部分地区下降 1/2。他做了个研究，发现东北可耕作黑土层的平均厚度只有三十厘米，比开垦之初整整减少了四十厘米。

"黑土之殇"让王贵满格外忧心。

可是，怎样才能停止黑土地退化的脚步？

王贵满想，当务之急是停止使用化肥农药。以前用农家肥，秸秆经过家畜的消化，转换成粪肥回到地里，种地又养地。秸秆，从来都是农民的宝，可是这么个好东西竟然被抛弃了。大量使用化肥后，毫无用处的秸秆被烧掉了，农家肥换成了化肥农药，黑土的营养就这么一点点流失了。

黑土地的养分没有了，黑土地的灵魂在哪里？

这个问题让王贵满神不守舍，魂牵梦绕。

是否可以尝试秸秆覆盖还田？这成了王贵满的心病。他一头钻进实验室，不停地研究、试验，最后确认秸秆覆盖还田是养地护地最经济有效的方式。王贵满知道，黑土地保护是个历史性大课题，单靠县农技推广站的人远远不够，必须广泛推广、达成共识。他各方联络，终于说服了中国科学院、中国农业大学、吉林省农科院等高校和科研机构的几十位专家学者，请他们来梨树县现场观摩。

2007 年，梨树高家村一块 225 亩的"破皮黄"地块，成为"秸秆全覆盖"试验田——面对重重质疑，王贵满坚定地相信，这就是能治他"心病"的"心药"。

在这块试验田里，围绕玉米秸秆全覆盖，中科院、中国农业大学和吉林省农科院的研究人员，尝试采用宽窄行的种植模式：窄行两垄玉米间隔 40 厘米，宽行间隔 80 厘米，上面覆盖秸秆；第二年，80 厘米的宽行中间取 40 厘米种植玉米，上年的窄行变宽行堆秸秆。在这个过程中，秸秆全部还田覆盖地表，耕作次数减到最少，让秸秆有时间慢慢腐烂。

原本试验计划十年初见成效，可是短短几年，"秸秆全覆盖"的效果逐渐显现，"破皮黄"渐渐变得油黑油黑。中国农业大学科研团队监测显示，试验田保水能力相当于增加四十至五十厘米降水，减少土壤流失百分之八十左右。全秸秆覆盖免耕五年后，土壤有机质增加百分之二十左右，每平方米蚯蚓的数量达一百二十多条，是常规垄作的六倍。

如今这块地，踩上去脚感松软，当年的"破皮黄"成了实打实的高产田。事实证明，"秸秆全覆盖还田"，保墒、护土、抗倒伏，还能增加土壤有机质，促进土壤黑土层形成。

事实证明，这项技术不仅可以培肥地力、实现节本增效，还有效地解决了水土流失和因秸秆焚烧引发的环保问题，为吉林、更为东北地区耕作制度改革提供了最佳解决方案。

"梨树模式"一炮而红。

王贵满的身份更多了：中国农业大学吉林梨树试验站副站长、吉林梨树农业技术推广总站站长。

借助黑土保护试点项目建设，梨树绿色农业发展正向"绿色＋智慧"迈进，秸秆覆盖、条带休耕、机械化种植，一次作业即可完成清理秸秆、开沟、施肥、播种、覆土、镇压等工序。而今，从中国农业大学梨树实验站，到村头地边的"科技小院"，来自各大高校、科研机构的二百余位科研人员常年在梨树搞科研。自 2015 年举办首届"梨树黑土地论坛"至今，已有包括十一位院士在内的国内外一百六十余位专家做客梨树，为保护黑土地支招。

然而，王贵满深深知道，黑土地保护的道路还很长很长。

黑土是世界公认的最肥沃的土壤，是大自然对人类的恩赐。在温带湿润或半湿润气候草甸植被下形成的黑土地之所以"黑"，就在于它覆盖着一层黑色的腐殖质，有机质含量高，土质疏松，最适宜耕作。可是，黑土的形成却极为缓慢。在自然条件下，形成一厘米厚的黑土层，需要两百至四百年。

全世界黑土片区仅存四块，分别位于乌克兰第聂伯河畔、美国密西西比河流域、中国东北平原以及南美洲阿根廷至乌拉圭的潘帕斯草原。黑土区是东北粮食生产的核心基地，吉林的黑土地尤为珍贵。

2018年3月30日，《吉林省黑土地保护条例》正式公布，从7月1日起施行，明确了黑土地保护的责任主体、保护措施、监督管理制度等，为黑土地保护提供了硬支撑。

吉林为全国做出了表率。2020年，农业农村部办公厅、财政部办公厅印发了《东北黑土地保护性耕作行动计划实施指导意见》，当中提出，力争到2025年，东北地区保护性耕作面积达到1.4亿亩，占东北适宜区域耕地总面积的百分之七十。

要加强农业与科技融合，加强农业科技创新，科研人员要把论文写在大地上，让农民用最好的技术种出最好的粮食。

王贵满的"梨树模式"迎来了"高光时刻"。

2020年7月，习近平总书记来到吉林考察。他强调指出，东北是世界三大黑土区之一，是"黄金玉米带""大豆之乡"，黑土高产丰产，同时也面临着土地肥力透支的问题。一定要采取有效措施，保护好黑土地这一"耕地中的大熊猫"。王贵满为此高兴得合不拢嘴，实践证明了他的试验结果，抓好黑土地保护性耕作和稳定粮食生产是相得益彰。

好消息接踵而至。吉林做出决定，2021年投入11.2亿元财政资金将保护性耕作技术推广至2800万亩，新建高标准农田500万亩。

让王贵满倍感欣慰的是，今年3月29日，中国科学院与吉林省人民政府签署框架协议，共同启动"黑土粮仓"科技会战。这是中科院在系统总结"黄淮海平原中低产地区综合治理与农业开发""渤海粮仓"等农业科技攻关重大任务后，针对东北地区黑土地退化严重、地力透支等威胁国家粮食安全和生态安全的重大问题，启动的又一项重大科技攻关任务。

今年，王贵满已经六十岁了。

花甲之年，他却谋划着更大的事业。

黑土地，这让王贵满无比眷恋又倾洒了青春和心血的黑土地，是他事业的灯塔，也是他生命的港湾。他鼓动着风帆在这里停泊，又将鼓动着风帆从这里鸣笛起航。

八、七彩

绛紫、蔚蓝、雪白、桃红、碧绿、金黄、油黑……这才是七彩吉林的缤纷色彩。可是，七种颜色又怎能概括得了吉林的丰富与曼妙？

——吉林，缤纷多彩、丰赡多姿。地处世界黄金玉米带、黄金水稻带的吉林，耕地面积 11247.75 万亩，人均耕地 3.88 亩，是全国平均水平的两倍以上。2020 年，吉林粮食产量达到 760.6 亿斤，连续八年保持在 700 亿斤以上，粮食调出量居全国第三位，是当之无愧的国家粮仓、国家饭碗。

——吉林，接续奋斗，勇毅顽强。截至 2021 年 5 月，吉林的八个国家扶贫开发重点县、七个省定贫困县全部摘帽，1489 个贫困村全部出列，现行标准下七十万贫困人口全部脱贫，贫困地区居民可支配收入均高于全省平均水平，脱贫人口家庭人均纯收入年均增长 23.4%。

——吉林，披荆斩棘，砥砺前行。在吉林，10.2 万脱贫户通过改造危房搬新家、1.4 万脱贫群众参加易地搬迁挪新窝，过上了安居乐业的新生活；5000 个因地制宜的脱贫产业项目，实现了所有脱贫人口精准受益。

贫困，自古是人类的顽疾；富裕，是人类永恒的愿景。减除贫困、全面小康是人类的共同理想。千百年来，无数百姓"久困于贫，冀以小康"，无数仁人志士为了解决贫困问题，进行了艰难的尝试和探索，然而，道阻且长。而今，这些在吉林已经变为现实，一场历史上规模空前、力度最大、惠及人口最多的脱贫攻坚、全面小康的战役已经取得了全面的胜利，绝对贫困问题得到了历史性的解决。

如果你以为吉林只有黑白两色，那你就错了。吉林从来不单调，却务实低调。农耕文化、游牧文化、渔猎文化让这里有着历史的回声，国家粮仓、大国重器、绿色屏障更让这里充满未来的畅想。

红橙黄绿青蓝紫，谁持彩练当空舞？

答案是——

七彩吉林。

朱 砂

——南丹白裤瑶，从深山走进新寨

一条奔放不羁的溪流，从云贵高原奔涌而出，由曲靖一路南流，至开远折而向东，至望谟与北面来的北盘江相汇，终成汪洋恣肆的大河。此后，大河一路蜿蜒，至天峨接纳格凸河，折而向南进入广西。

广西一段，因河水流经红色砂贝岩层，水色红褐，故名红水河。

红水河自西向东在广西穿行，沿途奇峰异谷，层峦叠嶂，造就了八桂大地蔚为壮观的山山水水。

南丹，是其中重要的一站。

一

南丹之名已有千年，宋朝因境内生产朱砂（又称丹砂）向朝廷进贡，加之地处南方，朱砂又称丹砂，此地故称南丹。

据考证，有宋一朝，瑶族已经开始向广西境内迁移。一条河又一条河，一座山又一座山，瑶族经历战乱频仍，大规模进入两广腹地。至明清两代，广西瑶族完全融进了八桂大地。

白裤瑶，正是在这一次又一次的迁徙里来到南丹，又在一次又一次的挤压里，从平坝搬入山林。数百上千年来，他们在这里"倚山而庐，耕种度日"。宋代周去非在《岭外代答》写道："山谷弥远，瑶人弥多。"里湖和八圩，渐成白裤瑶人不再离弃的长久生息之地。

从高空俯瞰南丹，不难发现——南丹向东伸出了一对牛角，朝东北的角尖上挂着里湖瑶族乡，朝东南的角尖上挂着八圩瑶族乡。

这两个尖尖的牛角，便是南丹白裤瑶的主要聚居地。白裤瑶世代居住在云贵高原西南边缘的这片大石山地区。南丹，被称为中国白裤瑶之乡。

白裤瑶是瑶族支系之一，自称"朵努"。清代《庆远府志》即有记载："南丹瑶，居于瑶山，男女皆蓄发。男青短衣白裤草履；女花衣花裙短齐膝。"白裤瑶因男子皆穿及膝白裤而得名，是中国最古朴、最原始、最神秘的少数民族之一，也是民族文化保留最完整的少数民族之一。

无三里之平原，有千尺之险隘。莽莽深山，是白裤瑶的屋舍，也是他们的"面纱"。青青山峰，包容了一个忠诚山林的族群，却也隐藏了以山为家的民族。重峦叠嶂，造就了他们独特的文化，却也成为他们与世界的天然屏障，阻滞了他们跟上时代的步伐。

其实，何止白裤瑶，整个瑶族的日子都布满了悠长的山影，否则，又怎么会有"南岭无山不有瑶"之说？

白裤瑶寨，通常坐落于海拔一千米以上的地方。大山给予他们足够的宽容，大山是他们的依靠。新中国成立之前的漫长岁月里，瑶族山民过着不知有汉、无论魏晋的封闭生活。他们自给自足，自织自染，自耕自种，自唱自饮，自悲自喜，似乎永远和身上特有的白裤一样朴素而简单，纯澈而平和。

据统计，中国的白裤瑶总人口近 5 万人，南丹境内有 4.2 万人，主要聚居在里湖瑶族乡和八圩瑶族乡。白裤瑶的生存环境要改善、落后现状要改变、文明进程要提速、民族文化要传承。白裤瑶正在同全国人民一起走进新时代，一场山乡巨变正在这里上演。

二

一场秋雨带来了一丝寒意
你一路走来，历经风雨
我翘首以盼，始终等你
蓦然间
你焕然一新
气势昂然
……

这首诗的作者是覃玉先，诗里寄托了覃玉先无限的深情。诗，是写给孩子们的"新家"的。

这是典型的瑶族建筑风格："人"字形棚居屋顶，杉木条支撑屋架，杉皮造型屋顶，四周以小杂木或竹片围壁。在遥远的过去，为抵御野兽和敌人，白裤瑶多在大山里依山挖洞，建筑屋舍，他们所居之处常常体现为"全洞式"和"半洞居"形式。瑶族先民在洞外用杉木接盖住宅，上盖杉皮。日间在住宅活动，晚上进入洞内卧宿。在坡度较大的山岭地带，他们还会建设"吊楼"式建筑，即房屋的一半建在坡地上，另一半依山势坡度的大小建筑吊楼。

2019年，南丹投资7738万元兴建王尚小学新址，校长覃玉先既忙碌又兴奋，好几个月都没睡好。搬入新址的里湖瑶族乡王尚小学，不仅学校占地面积扩大了，招收学生的人数也增加了。这里，百分之九十的学生都是白裤瑶。这个为扶贫搬迁安置工程配套建设的小学，有着崭新的教学楼、现代化的教学设施，还设置了丰富多彩的民族文化课程。

9月1日新校址挂牌这天，覃玉先起了个大早。

早秋的晨曦里，万籁俱寂，甘蔗田、毛竹田雾霭朦胧。路边不时窜出几只松鼠，从一棵大树下来，爬上另一棵大树，快得像一道闪电。晨起的鸟儿不时在枝头欢叫，歌声在早晨清凉的风中悠远、绵长。

覃玉先顺着熟悉的大路走着，露水打湿了他的裤脚，也打湿了他的心。不知不觉，他又走回工作和生活了多年的地方——里湖瑶族乡中心小学。

王尚小学旧址显得沉寂、落寞，灿烂的霞光映照着寂静的校园，更显得格外寂静。覃玉先看着低矮老旧的教室，抚摸着破旧的课桌，几十年的往事涌上心头。

1982 年，刚满 17 岁的覃玉先得到了他人生的第一份工作——在瑶里村最偏远的一家小学任教。

尽管对即将开始生活的瑶里村，覃玉先已经做了足够的准备，可是眼前的一切比他设想得还糟糕。青涩的小伙子从城里坐了十几个小时的车到了里湖瑶族乡，又从乡里走了五六个小时山路才到达瑶里村小学。每个星期走五六个小时山路到乡里买米、盐、酱油和生活用品，再挑着米、盐、酱油和生活用品，走五六个小时山路返回小学，更是成了他的生活常态。

覃玉先到小学报到，第一顿晚饭是在瑶里村大队书记家吃的。为了招待覃玉先，大队书记专门杀了一只鸡。看着书记寒酸的家，覃玉先的眼泪流下来了，这是当地能拿得出来招待客人的最丰盛的伙食了。他后来才知道，院子里屈指可数的几只母鸡，支撑了大队书记一家一大半的生活。"这顿饭我这辈子都忘不了。"难忘的不仅仅是这顿饭，四十年过去了，更让覃玉先难忘的是大队书记对他这个"教书先生"的尊重，是与白裤瑶乡亲心连心的那种感情，"我知道瑶族乡亲们想什么、要什么、做什么，我用瑶语跟他们聊天，他们就跟我的家人一样。"覃玉先说。

正是怀着感激，覃玉先发誓要把自己最好的人生奉献给白裤瑶寨。

在那里的几年，为了更好地与白裤瑶村民交流，覃玉先学会了说瑶语，也让他和白裤瑶群众结下了不解之缘。同白裤瑶村民交往愈深，覃玉先愈加明白教育的重要性。

白裤瑶是由原始社会形态直接跨入现代社会形态的族群。南丹白裤瑶较好地传承保护了古朴、独特、神秘的寨居文化、服饰文化、陀螺文化、铜鼓文化、婚恋文化、丧葬文化、农耕文化。因民族文化保存完整，白裤瑶被联合国教科文组织称为"人类文明的活化石"。可是，与此同时，这也意味着贫穷落后。《中国少数民族社会历史调查资料丛刊》的数据显示，20世纪50年代以前，整个白裤瑶仅有不到10人受过基础教育，99%的白裤瑶是文盲，民间借贷等均以刻竹记事或刻木记事。"人民公社化"时期，因为没有文化，一些生产队只好用玉米记工分。

白裤瑶有自己的民族语言，但是没有完整系统的文字。覃玉先调查发现，没有文化、教育匮乏仍旧是白裤瑶致贫的重要原因。有些贫困户外出务工，却因语言沟通有困难，在广东的厂子里待不下去，无奈只得回家种田。人均不到一亩地，在田里忙活一年，收入只能拿到几百元，这种现状怎能不贫困？覃玉先对此非常心痛："看到瑶族孩子那些稚嫩的笑脸，就觉得自己肩上的担子太重了，我有责任让孩子一个不少地到学校来！只有通过教育，才能让白裤瑶民族从这一代起真正摆脱贫困。"

覃玉先从零做起，他将他的主要工作分成三个部分：传统教学、民族文化传承、利用社会各界的关爱开展感恩教育活动，进行思想品德教育。

2008年，覃玉先被县教育局从一所中学调到里湖瑶族乡中心小学任校长。"我有点离不开这个地方，离不开这个民族，这里有适合我做的工作。"覃玉先哽咽着说。

今天的王尚小学已经发展成为一所以白裤瑶贫困学生为主的寄宿制小学，每名学生每学期的食宿费用约1000元，各级政府补助610元。剩余部分学生还是负担不起怎么办？学校成立"爱心桥"组织，接受社会力量的资助。覃玉先的案头放着一沓困难学生信息表，最上面的一份是一位特困生，接受资助的金额为一学期500元，由资助者直接打进学生的账户，班主任代为监管。"有了这500元，孩子就能渡过难关，读书梦就能延续下去。"覃玉先说。2020年第一学期，王尚小学的老师们收集了84份这样的信息表，在爱心人士和困难学生之间搭起桥梁，保证不让一名学生因经济原因辍学。现在，学校共有师生1600多人，学校占地83亩。学生中85%以上是脱贫户子女。

王尚小学崭新的办公室里，校长覃玉先已经开始忙碌，核对老生信息，核对适龄入学儿童名册和困难学生信息表。"要让孩子们一个不少地入学，同时更不能让任何一个已入学的孩子辍学。"覃玉先说。前不久，县里最好的中学——南丹县中考放榜了，里湖中学有4名学生获得"A+"，白裤瑶学生就有2名，这几个孩子都是王尚小学的毕业生。覃玉先看到，许多白裤瑶村民纷纷在朋友圈里转发着这则喜讯。走出大山，对于他们来说，已经不是遥不可及的梦。

在崭新的教室里，陈明丽也到得很早。她迫不及待地想见到老师和同学们。她好奇地看着数学老师操作投屏设备。她现在已经升入四年级了，这个班大多数学生都和她一样是白裤瑶。

互联网、智能化，更是让王尚小学的娃娃们身在瑶乡，心怀世界。2020年"六一"儿童节，王尚小学举办庆祝活动，担任普通话小解说员的是七八岁的白裤瑶娃娃们。他们字正腔圆、落落大方。谁能想到，几年前，他们还散居在大山深处，牧羊放牛，还只会说瑶语。

数千年漫长的民族历史上，白裤瑶为躲避战争，追逐幸福生活，一次又一次地迁徙，一次次被迫从平坝迁向深山密林，最终扎根南丹。新中国成立后，他们从原始社会生活形态直接跨入现代社会生活形态，是少见的"直过"民族，但贫穷落后的影子仍难以去除。

如今，他们从深山走出来，开始建设新的家园。在这里，他们一边传承白裤瑶古朴、独特的文化，一边拥抱新时代的新生活。他们努力在实践中寻找保留自身传统与追求现代化的平衡，他们的新日子正如同山里的朝阳。

三

繁密的粘膏树下，是身着盛装的白裤瑶村民。

男人们穿着色彩斑斓的交领上衣，白色及膝裤；女子则戴着厚重的宝塔型帽子，服装为黑、白、蓝三色短衫和蓝色百褶裙。他们握着钢刀利斧，在树干上不断地用力砍凿。

一株株粘膏树，像一个个巨大的酒瓶子，酒瓶子上插满纤细的枝条。这种树大多生长在白裤瑶村寨的周围、村民的房前屋后、坡脚地边，树干最高达二十多米。这种树可以存活三百年以上，它的形状奇特，有别于其他的树木，每棵树的躯干都是中间壮硕两头瘦小，有的树腹部甚至要比树冠、树根大出五六倍。树冠不大，枝杈不多，恰到好处地避免了头重脚轻的缺陷，使它在狂风暴雨下顺利地成长。在白裤瑶看来，家园旁的粘膏树犹如一个个丰腴的孕妇站定村口，时刻在期盼着亲人的远归，因此，他们又将粘膏树称为"母亲树"。

南丹的白裤瑶乡亲都知道，一株粘膏树要想连续生产出粘膏，必须经过白裤瑶人如此这般的砍凿，不经砍凿的粘膏树是永远长不出粘膏的。里湖乡有个白裤瑶居住的寨子叫怀里屯，屯村头有一棵需三个人才能合抱的粘膏树，这株树树龄已逾百年，由于没有经过砍凿，至今没有流过一滴粘膏。

白裤瑶非常懂得粘膏树的习性，他们砍凿粘膏树也很有讲究。当粘膏树长到两米多高时，他们就从一米五以上的部位进行有规则地砍凿，砍凿的时间选在每年的三四月份，砍凿的形状像蜜蜂筑巢一样。这些经过砍凿的树干，到第二年春暖花开的时候就有粘膏从砍凿的部位自然流出。

白裤瑶人说，这种树是通灵的树。凡是白裤瑶居住越密集、风俗越古朴、习性越原始的地方，粘膏树就长得越多、越高大，产的粘膏也就越好。粘膏树，是白裤瑶所用的称谓。很多植物学家多次深入到瑶乡对粘膏树进行考察，却始终找不到这种树的学名，只好把它定性为椿科类植物。

粘膏树是白裤瑶地区特有的珍贵树种，易种难活。白裤瑶民族视其为家人，为了确保粘膏树的成活率，白裤瑶乡亲签下植护协定，由居住在附近的白裤瑶妇女和孩子组成植护队，由"护树妈妈"和"护树宝宝"负责粘膏树的后期护理，树木成熟后，取出的黏液由"护树妈妈"和"护树宝宝"植护队免费使用。

瑶族妇女精于蓝靛印染，至今仍保留着一套完整的印染技术。她们将自己种植的蓝草经过浸泡加工后，提取蓝靛，加入白酒，经草木灰过滤、发酵呈黄色后便可染布；在染布过程中经过数次浸染、晾干，直到布料呈深蓝带暗红色为止。为了使布坚挺耐用、颜色深重，她们还把已染好的布放入炖缩的牛皮溶液或猪血溶液里，进行蒸晒。

与其他瑶族分支不同，在南丹，白裤瑶的天然染料来自守护他们家园的粘膏树。没有粘膏，永远不可能制作出斑斓的白裤瑶服饰，即使是在科学发达的今天，粘膏的作用也还没有任何化学物品能够取代。一般一个白裤瑶家庭一年需要用粘膏五六斤，富裕的家庭多达二十斤。在南丹，大约有七八千户白裤瑶家庭，粘膏用量十分惊人。

此时，正是白裤瑶人一年一度的染布时节，家家户户的瑶舍前、庭院里都晒满了染布，风吹过来，巨大的布条飘荡在空中，煞是好看。

十岁的陈明丽正在跟着妈妈学习染布，她熟练地给妈妈打着下手——用两只小手拽住一块长方形布角的两角，用力一抖，蓝布就服服帖帖地铺在了草地上。

陈明丽的妈妈一刻不停地忙碌着。她一边烧起柴火，在灶台上架起大铁锅，一边将取下的粘膏用特制的画笔蘸画在土白布上。锅里沸腾的深蓝的染料就叫作"蓝靛"，白色的土布在这种颜料中就会呈现各种层次分明的蓝色；她在布面绘制成一幅幅图案，染、煮、浸泡、晒干后，布面自然呈现黑、白、蓝相间的纹理。心灵手巧的瑶族妇女就根据纹路，用五颜六色的花线在布面上精心刺绣。做一套白裤瑶衣裙要经过三十多道工序，制作时间长达半年甚至一年之久。过去，她们用双手给家人制造温暖，如今，还能为家庭带来更多的财富。

陈明丽随家人搬到这里已有三年多。在他们的瑶舍后面这个崭新而干净的社区里，三百余栋小楼依山而建，蔚为壮观。

这片土地曾长久笼罩着一张神秘面纱。云贵高原南麓，广西西北部，距离首府南宁约四小时车程的南丹，被称为中国白裤瑶之乡。这里满目皆绿，得益于白裤瑶人对自然的敬畏与呵护。四面环山，加上山高、路远、艰险、土少、缺水、贫瘠，长久以来，使得南丹白裤瑶聚居区成为极度贫困地区，"一方水土养不活一方人"。

白裤瑶的村寨多依山而建，村里少有大块而平整的土地，"九分石头一分土"，筑寨是个大工程。他们没有想到会有一天，政府帮他们在"九分石头一分土"之上建起了跟城里人一样的美丽社区。要生活，要让白裤瑶人更好地生活；要发展，要让白裤瑶文化更好地传承——让白裤瑶民族过上他们向往的好日子，更是党和政府长久以来思考的问题。2018 年，陈明丽一家同南丹 1.35 余万白裤瑶人一道从深山密林搬迁。这个"千家瑶寨·万户瑶乡"易地扶贫搬迁项目，将他们分别安置进了里湖王尚、八圩社区、八圩瑶寨三个特色新寨。

值得一提的是，在白裤瑶群众的新家里，孩子的奖状总是被张贴在最显眼的位置，它们被视为一个家庭的荣耀，也折射出白裤瑶人教育观念的改变。白裤瑶孩子们的身上承载着这个民族的希望：通过教育改变一代人。这些孩子既与父辈一样，对这片土地爱得深沉，对本民族文化充满自豪；又与父辈不一样，他们成长于新时代，接受现代化的教育，为自己积蓄看世界的能力。

"咚！嗡轰……"

"嗡轰！咚……"

铜鼓声从里湖王尚安置点的一栋小楼里飘出来，黎仁才正在调试铜鼓。铜鼓，被白裤瑶人视为民族的象征，珍若瑰宝。黎仁才花 5000 元左右买进一面铜鼓，经过悉心的打磨、调音，才能敲出白裤瑶人所需的洪亮、浑厚的鼓音，最终售价可达 1.2 万元左右。这样的鼓，黎仁才一年能卖出两三面，为家庭增收 2 万多元。仅仅是几年前，黎仁才可没敢想过这样的好事，白裤瑶男人祖祖辈辈会敲的铜鼓，竟然成为瑶寨脱贫致富的法宝。

"卓摆共产党（感谢共产党）！"黎仁才开心地说道。在南丹，这发自肺腑的话，是白裤瑶乡亲们的心里话。

四

夕阳渐渐西下，天边的晚霞将粘膏树的影子投射在地上。它们手牵着手，根连着根，微风吹拂，枝叶荡漾，仿佛一群态浓意远、肌理细腻的美人。

三口两口吃完晚饭，陆朝明急三火四地收拾好碗筷，就往怀里村跑。

今晚，他要给村民在家门口放映他拍摄的纪录片《染色的季节》。

陆朝明出生于南丹里湖乡怀里村，是一个土生土长的白裤瑶农家娃娃。他现在的身份，是南丹里湖白裤瑶生态博物馆工作人员。

2018 年，对纪录片还完全是门外汉的村民陆朝明，同白裤瑶生态博物馆的工作人员一起，前往云南昆明参加"云之南"纪录片影展，学习纪录片的知识。此后不久，他又参加了广西民族博物馆举办的"广西生态博物馆摄影摄像培训班"，不到十天的时间里，他学习了拍摄、剪辑等制片技术，还学习了不少纪录片理念，这让他眼界大开。

陆朝明一边学习，一边琢磨：既然别人能拍自己民族的文化，我为什么不能也拍自己熟悉的本民族文化？

回来之后，陆朝明从南丹生态博物馆借来摄像机，下定决心尝试自己干。拿惯了锄头的手，突然要拿起摄像机的那一刻，陆朝明才发现，事情没那么简单，他的手不停地颤抖，这真的是一个无比艰难的选择，也是一个无比巨大的挑战。陆朝明犹豫了，可是很快便镇定下来。透过摄像机，他看到了白裤瑶人那无比璀璨的光芒，看到了浸润于白裤瑶人血脉里的自信。试了一次又一次，他终于成功了。

"我为什么没有早点认识摄像机呢？"看到穿着民族服装的白裤瑶乡亲，他心里的甜和美，比地里大丰收还开心。他下定决心，任何事情都不能让他动摇。

陆朝明尝试拍摄了他的第一部纪录片《取粘膏》。没想到，在广西民族博物馆举办的"首届生态博物馆纪录片影展"上，这部作品一炮而红，获得了纪录片影展最佳影像奖。

民族的就是世界的。陆朝明从自己身边发现了白裤瑶的文化价值。他将摄像机镜头对准了他熟悉的白裤瑶乡亲，记录他们的婚丧嫁娶、喜怒哀乐，记录他们的日常生活和风俗习惯。不知不觉地，走进他镜头的事物越来越多，他拍摄的纪录片越来越多，粮仓、鸟笼、陀螺等都成为他记录的对象。

"我这一生都离不开自己的民族和文化，因为这是我祖先的根，根不能丢，丢了根就等于丢了自己民族的一切。"陆朝明说，这些年，他从镜头里观察白裤瑶，反思白裤瑶，热爱白裤瑶，"社会不断发展，带来了文明，也带走了我们民族的一些文化。传统文化没有得到有益的保护，它们就会逐渐消失。那时候，我们只能眼睁睁地看着它们从我们眼里消失，看在眼里，痛在心上，我要为白裤瑶做点什么。"

从陆朝明用摄像机记录白裤瑶民族文化那一刻算起，至今已经十年了。他已拍摄了十余部纪录片，每次拍摄完毕，他会将这些纪录片放映给瑶寨的村民观看。有些村民提出了他们个人的建议和想法，比如视频画面太短了，想看的东西看不到，而且剪出来的不是他们想要的。陆朝明明白，他们想要看到的是实实在在记录他们生活存在的东西，而不是演戏。陆朝明将他们的建议和想法吸纳到纪录片中。

功夫不负有心人。陆朝明拍摄的《染色的季节》等纪录片参与了广西民族博物馆在南丹举行的纪录片巡展活动。为白裤瑶留下影像资料，是南丹里湖白裤瑶生态博物馆"文化记忆工程"的一项重要内容。"我不追求拍摄技术有多专业，我只追求把民族文化真实地记录，拍摄我的乡亲们满意的作品。"陆朝明说，"我们记录民族文化不为钱财，也不是为了个人的利益，而是为了保存这个民族的文化。能为自己民族尽一点绵薄之力，我也开心。"

凭借一己之力，为南丹白裤瑶这颗"人类文明活化石"留下宝贵记录的，不止陆朝明一个人。

2006 年，大学毕业的何春应聘至南丹白裤瑶生态博物馆工作。随着对"文化记忆工程"的持续参与，拍摄视频资料、整理白裤瑶经典古歌谣录音、走进校园给孩子们讲解白裤瑶文化，何春对白裤瑶民族文化的感情愈加深厚，讲起来如数家珍："长期的山地生活中，白裤瑶中还衍生出多种独具特色的民间娱乐方式，创造出多种打击型和吹奏型乐器，有木鼓、铜鼓、牛角、啦利、竹筒琴等。牛角由水牛角和粘膏拼敷制成，故造型硕大奇特，吹奏起来需要一定的技巧，声音悦耳动听。"

生态博物馆的工作人员组织爱好摄影的村民，一同成立了白裤瑶乡村影像小组。如今，他们已完成五十部关于白裤瑶的人文资料纪录片，初步建立了白裤瑶文化影像资料库。从 2013 年起，南丹里湖白裤瑶生态博物馆在白裤瑶传统节日"年街节"期间举办"白裤瑶乡村影像展"，在多个白裤瑶村寨放映白裤瑶民族文化纪录片。

文化若要传承，必须后继有人。作为一所以白裤瑶孩子为主的学校，王尚小学承担着传承和保护白裤瑶非物质文化遗产的责任。2013 年，依托乡村少年宫项目，王尚小学成立了铜鼓传承班、皮鼓传承班、陀螺传承班、服饰传承班、牛角传承班和"勤泽格拉"舞蹈传承班等。

穿着黑色长袖衣、白色及膝裤，缠上色彩明丽的花腰带，拿上陀螺和绑绳，何光斌的陀螺传承班开课了。急速旋转的陀螺竟能在他的脚背、手背、手心、额头和指头上自由旋转，引得孩子们一阵阵欢呼。每周，孩子们十分期待何光斌的课。同他一起给孩子们传授白裤瑶文化的，还有皮鼓传承人黎芳才、铜鼓传承人黎政军、服饰传承人何金秀等。

白裤瑶文化如此丰富多彩，娃娃们对此充满了自豪。王尚小学一楼宽敞的大厅里，黎灵、岑美芬、兰志荣和韦永军正聚在一起，用瑶语唱着《我和我的祖国》，壮族学生莫东怡和韦江丽在一旁跟着哼唱。"白裤瑶没有文字，语言的保护就尤为重要。"陆朝明介绍，下一步，王尚小学将继续通过教授瑶语歌等方式，探索瑶语保护之路。

"白裤瑶是世界文明的活化石，一个'活'字道出了真谛，发展是对文化最好的保护。"覃玉先说。几年的全心投入有了回报。

如今，不仅白裤瑶的孩子们掌握了本民族的技艺，更加认同自己民族的文化，其他民族的孩子也喜欢上白裤瑶文化。"勤泽格拉"也被称为铜鼓舞，是白裤瑶民族文化重要的代表性象征之一，2014年11月入选第四批国家级非物质文化遗产代表性项目名录。近年来，孩子们带着《勤泽格拉》《陀螺炫技》等节目走出学校，参加河池市文艺汇演、广西壮族自治区60周年大庆演出、全国少数民族传统体育运动会等。大山里的孩子走出南丹、走出广西，更加自信，更加开朗。大山之外的世界里，越来越多的人开始懂得欣赏白裤瑶文化的魅力。

这片土地上的文化多彩而珍贵。为了保护和传承白裤瑶文化，许多人默默坚守，不懈努力，他们中既有非遗传承人，也有文化工作者，更多的是大石山区里普普通通的瑶族群众。白裤瑶的文化基因在一个个生活细节里存续、延绵：那是妇女手中五彩丝线织就的花纹，是"勤泽格拉"中深邃悠远的鼓音、气势宏大的鼓阵，是在孩子们手下飞速旋转的陀螺，也是白裤瑶人口耳相传的细话歌。

南丹。

南——丹——，多么美丽的名字。

她像一颗朱砂，点缀在云贵高原之上。数千年来，南丹先民用辛劳和勇敢浇灌着美好的生活。殷和周，秦和汉，那是多么久远的往事。可不论时间流逝多远，飘满炊烟的房舍如昔，田间地头的水牛依旧。

宋、元、明、清的时代，土司制度牢牢控制住了这片土地，以夷制夷也罢，改土归流也罢，南丹总还是南丹，作为高原文化与低地文化交接的重要平台，南丹以自己的方式在成长，纵是千年，亦未老去。

1638 年，年逾半百的徐霞客，穿过晚明的风风雨雨，终于抵达遥远的南丹。徐霞客本意取道南丹去寻找未知的珠江源头，未料到在南丹这一停，不知不觉已是十天。驻足在这绝妙的山水间，他望山望水，看景看石，感叹不已，深深震动。南丹风光旖旎，风情万种，令他流连忘返。徐霞客饱蘸浓墨，挥毫写下"粤西第一奇胜"。

四百年前，徐霞客所见所闻，是南丹绝美的山水、淳厚的民风。而今的南丹，不仅有白裤瑶人民世代守护的绝美山水、淳厚民风，更有在这绝美山水里开拓的幸福新生活。

美哉，南丹！

巳

回 响

——来自十八洞村的答卷

十八洞村是湖南省湘西土家族苗族自治州花垣县的一个苗族村寨，几千年来隐藏在大山深处，少有人知晓。曾经，这个村有6个村民小组，共225户、939人，全村贫困发生率高达57.7%，40岁以上的光棍就有48人。

2013年11月3日，带着对苗乡人民的深情牵挂，习近平总书记来到十八洞村考察调研，首次提出了"实事求是、因地制宜、分类指导、精准扶贫"的十六字方针。

声名远播的十八洞村是"精准扶贫"的首倡地，更是脱贫攻坚的实践地，示范地，具有极强的引领性，在中国扶贫史上，特别是新时代扶贫史上，具有里程碑意义。首倡之地，举国瞩目。十八洞村在这场大战中，交出一份怎样的答卷？

西伯利亚地台向南运动，与太平洋壳块相遇，形成了一系列呈北东和北北东向的斜列褶皱构造组成的广阔剪切带，这便是新华夏构造带隆起。

莽莽苍苍十余万平方公里的武陵山脉便是其中之一。武陵山脉呈北东向延伸，弧顶突向北西，将北部、中部、南部三个支脉深深插入洞庭湖平原，构成奇峰竞秀、气势磅礴的武陵山系。

在武陵山脉中段，湘黔渝三省交界之处，有一个神秘的地方，叫作湘西。对于这个"古代荆蛮由云梦洞庭湖泽地带被汉人逼迫退守的一隅"，文学家沈从文不吝笔墨，描述了她的荒闭的美丽——紫花布衣、黄泥墙、乌黑瓦，还有茶峒的小溪，沅水中的深潭，"静静的水即或深到一篙不能落底，却依然清澈透明，河中游鱼来去皆可以计数。"

湘西地区奠基于清康熙、乾隆年间，改土归流完成以后，建辰沅永靖兵备道，湘西指称范围基本明确。湘西，这片广袤独特的土地上，山脉纵横，河网密布，著名的山脉有武陵山脉、雪峰山脉，沅水、澧水占了湖南四大水系的两个水系。湖南有苗族190多万人，多散布在湘西的吉首、花垣、凤凰、古丈、泸溪、保靖等地。在湘西广袤的大山里，他们也被赋予了山一样的性格。

然而，对湖南整个经济格局的现实状况而言，这里地域偏僻，发展滞后。美丽而荒闭的武陵山区却是我国十四个集中连片特困地区之一。崇山峻岭、高寒地瘠、交通闭塞让这里具有典型的深度贫困特征，湖南的十一个国家级深度贫困县，全部位于这个区域。

一

壁立千仞，云雾缭绕。

太阳还躲在山峦的背后，迟迟不肯露出头来。清晨的山林一派寂静，鸟儿也在慵懒地睡觉。巨大的水杉高耸入云，羽毛般的叶子密密布满了枝头。鹅掌楸绿荫如盖，鹅黄色的小花点缀在树荫里，状如金色酒盏，又像一个个吹响了的小喇叭。野藤不时从路边深处探出新枝，娇嫩的新枝牵牵绊绊，织就了一道又一道屏障，隐藏起一个无比神奇的世界。

石爬专沿着山路走着，精神矍铄，神清气爽。

石爬专时而专注地看着路边的树丛，时而停下脚步四下寻找，又仿佛想起了什么，自顾自地笑起来。她使劲拉了拉背后的竹篓。竹篓里装满新鲜的竹笋和蘑菇，山风轻轻吹拂，竹笋和蘑菇散发着醉人的馨香。

对面山路上跑过几个娃娃，他们追逐着，嬉闹着，旋风一样卷到石爬专身边，扯着嗓门齐声喊："婆婆好！"石爬专想叮嘱他们稳当点，话还没说出口，他们竟然又旋风一样卷走了。他们喊在空中的问候伴着清脆的笑声，在山谷里回响。

"婆——婆——好——"

"婆——好——"

"好——"

拉长了的尾音俏皮地在山谷里飘荡，声音越来越悠长，越来越粗壮，跳进山峦又弹出来，声音飘到最后，竟然像是年迈的大山在细细碎碎念叨:"好——好——好——"

过了几分钟,娃娃们的母亲气喘吁吁从后面追上来,见到石爬专,热情地道:"婆婆,身子可好?"

"好,好,好!"

石爬专一叠声地答应着。

她的声音同山谷的回响和在一起,如同深山里的自问自答。

妇人从石爬专肩上取下背篓,背在自己背上:"婆婆,身子可是越来越硬朗了呢!"

可不是?那些年石爬专为生活所累,不知不觉被压弯了腰,可是这几年,日子可是好过了,石爬专的腰杆子直溜多了,硬实多了,走起路来虎虎生风。她喜欢听村里人说:"老人家,越活越年轻了!"

"婆婆,自从八年前那一天,您真的是越来越年轻了!"

八年前那一天!石爬专的笑从心底里漾出来,满满地飘在脸上。

"说得是呢,再过多少年我也忘不了那一天!"石爬专开心地说,皱纹里都盛着幸福,"那天下午,村里来了好多人,我也不晓得来的是哪个,就坐在屋门口瞅着。不一会儿,一群人走到我家门前,走在前面的那位身材魁梧,面带微笑,问我这是不是你屋?我讲是的。他问可不可以到屋里坐下子?我说可以可以,稀客稀客!"

那个时候,石爬专真不知道来她家的是哪个贵客。家里穷,什么都没有,山里人家信息闭塞,平日里有个什么事,她就去乡里邻居家问问就足够。再说,山里人家,能有什么大事呢?

日子静悄悄地,一点波澜都没有。石爬专没有想到,这一天来得那么突然，好事情竟然真的就这样降临了。

"总书记拉住我的手问：您多大了？我说64岁了。他说：你是大姐。"石爬专回忆起那天的情景，仿佛就在昨天，"他看了我屋里的粮仓，问我粮食够不够吃，我讲够吃。他又问我种不种果树，我讲没种。他又问我养不养猪，养了是自家吃还是卖，我讲，指着猪来钱，养了卖。他竟然还走到猪栏边，看我养的猪肥不肥。"

石爬专没有读过一天书，不认识一个字，嫁给十八洞村的施齐文后，生了两个女儿。以前尽管夫妻俩一天到晚勤劳辛苦，但由于自然条件差，穷乡僻壤，薄田寡地，一家人生活贫困。她和老伴本来以为这辈子就这样穷下去了，他们越来越认命了。他们怎么都没有想到，"命"里还有这样大的惊喜。

石爬专边说边笑，眼睛眯成了一条缝，思绪飘到了很远很远的地方："我总是回忆个没够，每次回想那一天，都像是在梦中一样。"她好像是对着空中发问："这真是做梦都梦不到呢，你说对吗？"

"现在的日子，过去做梦都不敢想！"她自问自答。

习近平总书记的到来和精准扶贫政策的推进，彻底改变了石爬专一家的命运。县扶贫工作队将她家列为精准扶贫对象，纳入了低保，送来榉木苗、梨树苗，帮着各种了3亩。来参观的游客越来越多，工作队帮她在家开了个小商店，卖些饮料、方便面、书籍和纪念品等。石爬专的小女儿在自家养了6头猪，石爬专家成了"十八洞"腊肉熏制、销售的窗口。"我现在一年四季餐餐有肉吃，神仙过的日子也就是这样了！"石爬专说。

十八洞村，"精准扶贫"重要论述的首倡之地。"精准"两个字，已经在这里落地生根。对十八洞村来说，最大的变化还不是村容村貌的变化，而是人的变化，思想观念、精神状态、生产生活方式都发生了巨大的改变。

石爬专成了湘西的一张名片。很多人来到湘西，都专程来到十八洞村，想见见石爬专，跟她聊聊天、握握手、合合影，她都有求必应。石爬专现在七十有二，可是她精力充沛。每天早上起来，她要先去山上转转，砍砍柴，挖挖竹笋，采采蘑菇。等回家吃过早饭，访客就陆续来了。每天会见大量访客，这对于已经年逾古稀的石爬专来说，是个不小的负担，每天占掉她大量的时间，也占掉了她大量的精力，但是她乐在其中，从不推辞。村里想给她发点补偿，客人也想酬谢她，但是她都坚决推辞。

以前，石爬专过惯了穷日子，也过惯了闭目塞听的苦日子。他们家原来可以说是家徒四壁，没有收音机，没有电视机，她也从来没有关心过山外的世界。可是，八年前那天之后，她养成了每晚去邻居家看《新闻联播》的习惯。后来，条件改善了，家里买了电视机，她可以在自家堂屋里看《新闻联播》了。石爬专每天忙得不得了，可是再忙再累，每天晚上，她都雷打不动准时坐在电视机前："每天吃完晚饭，我都要看《新闻联播》，就是想多看看总书记。"

很多次，她看见电视机里熟悉的画面，一次次看见自己坐在总书记身旁，他拉着她的手聊着家常，她就想，还有什么比这更值得呢？每每看到这一幕，娃娃们便跳起来，拍着手欢呼雀跃："十八洞村，十八洞村！"

每每见到客人，石爬专便给人看她在天安门城楼上拍摄的照片。照片里，石爬专穿着美丽的苗族服装，手里举着国旗，一脸喜悦。这是2019年国庆节在天安门拍摄的。那时候，石爬专和村里农民艺术团的四十多个姐妹到了北京，参加中央民族歌舞团的一场大型文艺晚会，献上了苗族情景表演唱《十八洞的今天变了样》。

在十八洞村，像石爬专这样走出大山，看到外面世界、见过世面的村民越来越多。与此同时，瞩目家乡发展，从城市回到家乡寻求就业创业的年轻人也越来越多，他们在十八洞村开起了农家乐、当起了导游。"以前十八洞村是袋子空、家里空、寨子空、精神空。"花垣县委派驻十八洞村工作队副队长伍晓霞说，"现在，村民收入多了，年轻人多了，全村人致富奔小康的心气足足的！"

2016年，十八洞村人均纯收入由2013年的1668元增加到8313元，贫困发生率由2013年的56.75%下降到1.28%。2017年，精准扶贫当家产业猕猴桃挂果，全村人均收入首次突破万元。石爬专家作为建档立卡贫困户，成了村里猕猴桃合作社的原始股东，2017年分红2000元，2018年分红2400元。

2019年，十八洞旅游公司正式营运，截至11月，游客超60万人次，实现旅游收入1000余万元，带动全村农家乐、乡村民宿大发展，猕猴桃、黄桃、腊肉、蜂蜜、苗绣、山泉水等村里土特产品热销。2020年，十八洞溶洞建设完成并对外开放。2021年6月，十八洞村被评为国家5A级景区。景区每年为村集体分红30万元，十八洞村村民在家门口经商就业，过上了安稳的幸福生活。

二

亲爱的"粉丝"们：

我的朋友，满心的喜悦止不住想和你们分享。不知道你们最近有没有看我的直播呢？今天，我不和你们分享十八洞村的风土人情，也不唱苗歌，只想把我的故事讲给你们听。

　　我是土生土长的苗家阿妹，出生在十八洞村。十八洞村位于武陵山脉的腹地，青山绿水是她的容颜，但贫穷也一度是她的底色。几百年来，山高路险、交通闭塞，我们村穷得叮当响。那时候，我们村没有公路，汽车进不了村，一头猪要五六个壮汉往外抬。进出村子，顶多骑个摩托车。路是砂石铺的，一不小心就会翻车，晴天一身灰，雨天一身泥。"有女莫嫁十八洞，一年四季吃野菜，山高沟深路难走，嫁去后悔一辈子。"几百人的村子，娶不上媳妇的光棍汉，一数几十人，很多年轻人都跑出去打工，留在村里的多是老人和孩子。

　　小时候，我和小伙伴一起背着背篓，背篓里装着衣服、书本，去村里上小学，能上学是幸福的，因为有很多孩子家里穷到念不起书。那时候，我有一个梦想，想做一名歌星。我一直盼望着自己能够走出深山苗寨，去往更大的世界追寻年轻的梦想。这个梦想对于我来说是多么奢侈啊，我们都觉得全面小康是那么遥不可及。现在，看着焕然一新的十八洞村，我竟有些恍惚！

　　……

　　施林娇坐在电脑前，用力地写着，这是她给她的粉丝们写的一封信。

　　施林娇想告诉大家，精准扶贫的号角催生了十八洞村的蝶变，而她，就是其中的见证者、经历者、参与者、受益者。她开心地告诉大家："如今的十八洞早已不是曾经的十八洞了！"

她是一个典型的南方美女，圆圆的脸庞、大大的眼睛、甜甜的嗓音，施林娇同其他 90 后一样，喜欢在网上冲浪，也是一个深受网友喜爱的网络主播。

很多人不知道的是，施林娇还有一个特殊的背景。她是土生土长的十八洞村人。施林娇出生于 1997 年，施家有女初长成，这一年，长大的施林娇到了参加高考的年纪了。然而，施林娇正在准备艺考时，家里发生了变故，父亲撒手西去，母亲一下子也病了，这让条件本来就不好的家庭雪上加霜。

家里的主心骨倒下去了，一个幸福的家庭眼看着就要散架子，年纪轻轻的施林娇仿佛瞬间被巨大的悲伤洪水淹没，狠心放弃钟爱的艺术心愿。正在这时，施林娇家的重大变故，被精准识别机制追踪跟进。在精准扶贫政策的帮扶下，国家助学贷款向他们伸出了援手。靠着助学贷款，施林娇终于考上浙江音乐学院，并顺利完成了四年的学习。

2019 年，施林娇大学毕业了。她在东南沿海城市找到了一份稳定的工作，收入也不低。可是她的心里牵挂的还是她的深山苗寨，思念的还是十八洞村的亲人。工作一段时间后，施林娇决定辞职返乡创业，为家乡建设贡献一份力量。

回乡做什么呢？施林娇和村里另外两位返乡创业的大学生施志春、施康把目光聚焦在短视频拍摄上，经过调研学习，他们决定依靠抖音等短视频平台，把十八洞村的声音传播得更广。

三个小施一拍即合：施志春负责策划，施康负责视频拍摄和制作，施林娇负责出镜直播。他们称呼自己"三小施"，通过制作视频和网络直播，向外展示了十八洞的变化：村里以前全是泥巴路，现在都是青石板、沥青路，建起了黄桃基地、猕猴桃基地、山泉水厂，村民还享受产业分红。

现在，"三小施"每天通过视频直播展示十八洞的风景、美食、服饰、民俗、建筑、苗绣和苗家人干农活、上山砍柴等生活趣事。他们还有了自己的电商渠道，以"直播带货"的形式帮助村民销售土特产。

施林娇因为精准扶贫走出十八洞村，又因为精准扶贫回到十八洞村。她的生活与梦想因为"精准"二字而改变。"三小施"自2020年3月份开始直播带货，成为村里第一批返乡创业大学生。从事互联网时代十八洞村的电商销售，他们本着服务村民、为村民打开土特产销售渠道的初心，以本土网红主播孵化为核心业务，从三月份开展工作以来，累计直播共100多场，为村民销售腊肉1千多斤，在抖音上积累了10万粉丝。

每次准备直播，施林娇都会想起八年前的那个场景：那一天，习近平总书记跋山涉水来到了大山深处的湘西苗寨，看望十八洞村的乡亲们。那一天，刚满16岁的施林娇兴奋、激动，她高兴得无以言表。那时候她还小，可是，父母和乡亲们在热烈地讨论，总书记从来没有忘记过我们！总书记在这里作出了"实事求是、因地制宜、分类指导、精准扶贫"的重要指示。父亲母亲跟她说，乡亲们创造新生活的日子到来了！

施林娇的直播间，热闹非凡，常常有人给她留言："你们村子好美啊！""你们的新苗寨好美啊！"此时此刻，施林娇无比骄傲、无比自豪："十八洞村日新月异，现在美得我都快认不出来了！"

村里游客多了，农家乐开起来了，猕猴桃产业分红了，山泉水可以卖钱了，乡亲们腰包鼓起来了……施林娇在直播间告诉她的粉丝们："青春是用来奋斗的，我坚信自己的选择！相信我们青年一代一定可以给十八洞村注入年轻的活力，在全面小康的大道上为乡村振兴贡献自己的力量，实现自己的人生价值。"

施林娇和她关于十八洞村的直播带动了越来越多的游客赴十八洞村感受"精准扶贫"的魅力。施林娇在信中写下的话在她的粉丝中都赢得了众多的喝彩："身为十八洞的村民，我感到满满的幸福和无比的自豪，而我更感谢的是和我们一起奋斗着的乡亲们和不曾忘记我们的国家。我也相信十八洞的父老乡亲和 14 亿多中国人民，日子会越过越好，在全面小康的道路上大步向前！"

三

刚刚过了立春，南方已经满眼翠绿，北方却还是春寒料峭。

然而，北京人民大会堂，却温暖如春。

施金通站在金碧辉煌的大柱子旁边，紧张地整理着包头帕，汗水从他的额头和两颊流下来。从得知要来北京的那天开始，他就激动不已，今天，重要的时刻即将到来，他更加激动。施金通有一张典型湘西苗家阿哥的圆圆脸庞，细眯眯的笑眼、黑黝黝的皮肤。他憨憨地笑着，圆圆的脸庞显得更加圆润。施金通的胸前戴着一朵硕大的红花，花朵"盛开"，这让他有些手足无措，他腼腆而骄傲地笑着，充满了自豪。

施金通穿着褐、黄、绿色条纹的"乌摆"（苗语，意为"雄衣"，即男人的衣裳）。"乌摆"的对襟、袖口镶嵌着好看的菱形挑花花块。

2021 年 2 月 25 日上午，全国脱贫攻坚总结表彰大会在北京隆重举行。湘西花垣县十八洞村荣获"全国脱贫攻坚楷模"荣誉称号。施金通是十八洞村党支部书记、村委会主任，乡亲们推选他代表十八洞村来北京参加表彰大会。

很多天过去了，施金通还沉浸在表彰大会的骄傲和感动中不能自拔。施金通说，自己上台从习近平总书记手中接过"全国脱贫攻坚楷模"奖牌之时，向总书记报告："总书记好，我是十八洞村党支部书记施金通。"

这个场景施金通永远忘不了，他无数次回想起当时的每一个细节——习近平总书记笑着对他说："我知道，干几年了？"

施金通说："八年了，十八洞村群众现在过得很好，盼望您再回去看看。"

习近平总书记回答他："新闻经常报道，我都在看，有机会一定会去看大家。"

手捧着奖牌和鲜花，施金通激动的心情久久不能平复："实在太激动了！我们十八洞村不仅实现了脱贫的梦想，还得到了如此殊荣。"

那一天，习近平总书记看望地处武陵山区腹地的湘西州花垣县十八洞村贫困群众，首次提出精准扶贫重要论述。那一年，全村人均年收入 1668 元，近六成村民生活在贫困线下。

八年过去了，村集体经济收入从零到突破 200 万元。十八洞村获得"全国脱贫攻坚楷模"这一荣誉，在施金通看来，这意味着十八洞村认认真真并高质量地完成了使命，得到了党中央和国务院的高度肯定，"这份荣誉是沉甸甸的。"施金通说。

捧着沉甸甸的奖牌，施金通的心里十分感慨。刚过不惑之年的施金通是土生土长的十八洞村人，平时跟村民聊天，他开玩笑说，没有当村干部时，活得简简单单，啥也不用想。可是当了村干部，心思都放在村民身上，看着十八洞村一天天富起来，自己却越来越穷，甚至穷得连新衣服都穿不起、新鞋子都买不起了，一双皮鞋补了又补，最后连补鞋匠都不收了。玩笑归玩笑，事实何尝不是这样呢！八年来的辛苦和付出，在这一刻，都值了！施金通出门前，乡亲们看着他身上穿着的这件簇新的苗族服装，都很感慨，施金通多少年没穿新衣裳了！这衣裳，还是为了参加这次表彰大会，提前赶制的。

穿着新衣裳的施金通，心里有种过年的喜悦。十八洞村是"精准扶贫"重要论述的首倡之地，按照习近平总书记的重要指示精神，如何让"精准"二字在这里落地生根，这是施金通一直努力思考的问题。"精准扶贫"，要想做到又精又准，需要做很多探索，付出很多心血。十八洞村的做法是，将"精准"二字细化为摸清底子、结好对子、瞄准靶子的脱贫攻坚具体实践，这样就实现了"帮扶谁要精准、谁来扶要精准、怎么扶要精准"的目标。

为精准识别扶贫对象，十八洞村明确"九不评"标准，严格实行"户主申请、群众评议、三级会审、公告公示、乡镇审核、县级审批、入户登记"的"七步法"，确保规则公平、程序规范。经过户主申请、群众票决等7道程序，十八洞村精准识别出136户贫困户、542名贫困人口。公示之后，村民们心服口服。

乡亲们知道施金通的付出，懂得他的公心，真心实意跟着他干。

这天，参加完总结表彰大会，施金通的电话就没闲过，几十个电话里除了来自媒体的采访电话，其余全都是来自家乡的问候和祝福。十八洞的乡亲们自发地集中到村里的梨子寨收看表彰大会盛况，感受施金通的喜悦与激动。"这些年里，大家不仅收入增加了，日子过好了，精神面貌也越来越好了。"施金通说，十八洞村获得如此殊荣后，大家会以更强的干劲更加努力，把路子越走越宽，把日子越过越好，向乡村振兴再出发。

2013年，习近平总书记在十八洞村首倡开展"精准扶贫"后，十八洞村坚持一户一策、因户施策、精准帮扶，在就业扶贫、产业发展、兜底保障、互帮互助上精准发力，三年过去，十八洞村已经培育出种养、苗绣、劳务、旅游、山泉水五大产业体系，成为湖南省第一批出列的贫困村。如今的十八洞村，已形成矿泉水厂、旅游公司、餐饮民宿、肉类加工等多元产业矩阵和健全的产品销售渠道，打造出了"十八洞"这个响当当的公共文化品牌。2020年，十八洞村人均年收入是2013年的11倍。施金通骄傲地说："十八洞是精准扶贫的'示范'，未来也要力争成为乡村振兴的'模范'。"

四

在十八洞村，龙先兰可是个有故事的人。

但是，熟悉他的人都知道，他的故事可是不怎么好听。

龙先兰也是个可怜的人。

龙先兰是个孤儿。其实，龙先兰原本也有一个完整的家——父亲、母亲，还有一个妹妹，一家四口其乐融融。但是不知道从什么时候开始，父亲变成了酒鬼，每天里嗜酒如命。不喝酒的时候，父亲很正常，可是一旦喝了酒，便马上变了个人。龙先兰儿时记忆里的父亲，永远是一身酒气，他不是喝了酒回家来大吐大闹，便是喝了酒在外面睡倒在田里、路边，被村里的人看到送回来。醉酒的父亲一改平时里的脾气，暴躁，癫狂，像个疯子。

原来，父亲隔三岔五出去喝酒，母亲起初还能容忍。可是渐渐地，父亲醉酒的频率越来越高，到最后几乎一日三餐，无时不醉。醉酒的父亲一回到家里，便六亲不认，不是拉着母亲往死里打，就是看龙先兰兄妹不顺眼，母亲和兄妹二人的身上都留下了父亲殴打的痕迹，甚至每天旧伤未好，又添新伤。

龙先兰的童年，就是在每日担惊受怕中度过，母亲没有办法，只好抱着龙先兰兄妹，三个人哭成一团。终于有一天，母亲忍无可忍，决定离开父亲，改嫁到一个远得不能再远的村子。

母亲走的那一日龙先兰永远忘不了。母亲坐在炕上哭成了泪人，龙先兰抱着母亲的腰，妹妹抱着母亲的脖子，三个人哭得惊天动地。龙先兰劝母亲不要走，可是绝望的母亲又能有什么办法？有多少次经历父亲的打骂，母亲不堪其苦，决意要走，父亲也是这样哀哀地求他，他发誓绝不再碰半滴酒，可是第二天，一见到酒，他就立刻把自己的誓言抛到了九霄云外。

母亲离开时，龙先兰只有十二三岁。母亲的离去，让这个家一下子就散掉了。不到两年，妹妹在一次意外中溺亡。不久，父亲因为酒精中毒也离开了人世。没有了母亲、没有了妹妹也没有了父亲的龙先兰，没读完小学就辍学了，彻底成了"野孩子"。没有人管他，更没有人教他，他没有一个可以依赖的亲人，没有一个可以说话的朋友，他的世界变成了一片灰色。龙先兰开始对外界封闭自己，一个人独处的时候，他竟开始伤害自己，用刀割伤手腕，将头狠狠地撞到墙上，用烟头使劲地烫伤自己，还是花一样的少年，可是对自己比谁都狠，对世界比谁都冷酷。十六七岁的孩子，开始像个大人一样喝闷酒。龙先兰越来越活成了他不喜欢的父亲的模样——有酒，便喝；喝了，必醉；没酒，就到处找酒。龙先兰越来越像他父亲一样破罐子破摔，每次喝醉后，不管什么地方，倒头就睡。只要手里有点钱，就买酒喝。钱花光了，就伸手向别人借。龙先兰的世界从灰色变成了黑色，大家常常听到他歇斯底里地大喊，那是他在耍酒疯。可是，有谁见过清醒的龙先兰呢？

村里人都知道，龙先兰心里苦，可怜他。可是可怜之人必有可恨之处，他们恨他不争气，气愤于他破罐子破摔的样子。

渐渐地，大人们开始厌恶他，村民们开始疏远他，孩子们开始躲避他。渐渐地，龙先兰变成了孤家寡人。提起他，大家就都摇头，村干部就头痛。龙先兰啥都不怕，因为，他啥都没有。

龙先兰干得最让人瞠目结舌的一件事，是"硬闯"副省长主持会议的会场。

那还是2013年的事情。11月3日，习近平总书记看望地处武陵山区腹地的湘西州花垣县十八洞村贫困群众，首次提出精准扶贫重要论述。不久，花垣县委派出的精准扶贫工作队进驻十八洞村。进村第四天，湖南省一位副省长前来调研。副省长主持扶贫调研会，会议刚刚开始，扶贫队队长龙秀林正在向副省长介绍情况——那一年，十八洞村全村人均收入1668元，近六成村民生活在贫困线下。正在这时，一个醉醺醺的酒鬼闯进了会场，他嘴里喷着浓郁的酒气，走路踉踉跄跄，直奔着副省长就冲过去了，他大嚷道："省长，扶贫队来了，可我还没饭吃，没老婆！"

总书记来到十八洞村的时候，龙先兰正在外地打工。他猜想，这次一定可以分到很多钱，我得赶紧回去！想着，便急匆匆赶回村子。

龙先兰没想到的是，他回村待了些日子，连一分钱也没到手。他一不做二不休，干脆摆出一副死猪不怕开水烫的架势，闯进副省长主持会议的会场。

龙先兰没想到，副省长没有恼怒，而是让他带路，带大家去他家里看看。龙先兰暗想，去就去，我还怕你看不成！

龙先兰的家破旧得令人难以置信，屋顶上多处瓦片已经破破烂烂，雨水从破烂的地方漏进屋子，在地上砸出密密麻麻的小坑。屋子里一股霉味，地面上潮气浓郁，长满青苔，墙角处还长出了蘑菇。家里的东西乱得不能再乱，铁锅、碗筷、衣服、鞋子、袜子、被子——都堆放在一起，分不出啥是啥。

看了一圈，副省长心里有数了。他转过身，冲着龙先兰，毫不客气地说："小伙子，你说你穷，需要帮扶，可我看你身强力壮，长得这么精神，为什么没有饭吃、没有老婆？我给你找到原因了。因为你懒！"

副省长一语中的，戳到了龙先兰的痛处。

"为什么懒？因为你对自己没有信心！"

龙先兰的眼泪一下子流出来了，副省长说得太对了，不仅村民们对龙先兰没有信心，龙先兰对自己也没有信心。

那一年，龙先兰刚过完 26 岁的生日。可是，正值青春的龙先兰感觉自己已经过完了一生，他每日借酒浇愁，他害怕从大醉中醒过来，他害怕自己还这样子活着。"为什么我的命这么苦？为什么我没人疼没人爱？"龙先兰自问，"为什么我就是一堆烂泥，一文不值？"

就在龙先兰的破房子里，副省长代表省里做出了脱贫的决策部署，他特意叮嘱扶贫队队长龙秀林："像这样的重点人物，要扶贫扶志，要重点关注。"

扶贫队五名队员和五户生活最困难、工作难度最大的村民一一结成了对子。龙先兰成为龙秀林队长的帮扶对象。龙秀林有空就去找龙先兰聊家常，鼓励他振作起来："咱俩都姓龙，我把你当亲弟弟。"可是，龙先兰不买这个账，他到处跟龙秀林作对。2014 年，十八洞村"两委"决定，集中使用产业扶持资金，发展猕猴桃产业。龙先兰对一些村民说："那是骗人的，上级拨下来的钱，都让当官的吞了。"龙秀林听到，气得差点和他动手。

龙秀林想，冰冻三尺，非一日之寒。龙先兰现在对生活、对他人都不信任，得让他从懂得爱、学会爱开始。这时候，龙先兰在当地人眼里，早就到了该结婚的年纪，可是，哪家姑娘会嫁给这样一个吊儿郎当的醉鬼？

当时，全村有 30 多个"光棍汉"，龙秀林想，扶贫队把他们的"脱贫"和"脱单"问题统筹考虑，一起解决。

2014 年，重庆秀山县一个女子嫁到了十八洞村，她有个表妹，也愿意嫁过来。龙秀林就想把龙先兰和她撮合撮合。龙秀林本以为，龙先兰长得比较帅气，对这门婚事又很上心，事情会八九不离十，没想到女孩子毫不犹豫地拒绝了。媒人传回话说，女孩子嫌弃龙先兰又穷又懒，还没有父母。

龙秀林一听来了气："谁说龙先兰没有父母？我的父母就是龙先兰的父母，我就是他的大哥！"

这话，龙先兰听到了，但他一点也不相信，正如龙秀林所想，龙先兰对生活已经伤透了心，对谁都失去了信任，他认为龙秀林也是拿他当政绩，根本就是只会说说而已。

龙先兰没想到的是，这一年除夕，龙秀林让龙先兰跟着他回到了自己父母家，一大家子人，都把他当成自家人，热热闹闹吃了团圆饭。临走，龙秀林的母亲硬是给龙先兰带上二三十斤腊肉、香肠，又硬逼着他收下一千块钱的红包。

　　多少年没有被爱过、没有动过心的龙先兰流泪了。他跪在地上给老人不住地磕头，哽咽着喊了一声："娘！"

　　多少年了，龙先兰几乎已经忘记了家的感觉，忘记了爱的感觉，可是，这一刻，龙先兰回到了少年时代，回到了亲情之中。

　　村里人很快知道，龙先兰是扶贫队队长龙秀林的兄弟了。龙秀林感受到从未有过的压力，龙秀林不知道的是，龙先兰比他的压力还大，他暗暗下定决心，绝不给大哥丢脸！

　　在扶贫队安排下，龙先兰和几个村民到当地一家农校学习养殖、种植技术。在学习班里，龙先兰是学习最认真的学员。学成归来，龙先兰掌握了一技之长，跃跃欲试地想创业，但是，他摸了摸囊中羞涩的口袋，暗暗作罢。龙秀林得知了这种情况，毫不犹豫地拿出自己的积蓄，帮龙先兰在县城租了一处农贸市场的门面，做活鱼生意。可是，做生意哪有那么容易？刚做了一个月，龙先兰就坚持不下去了。龙先兰不敢告诉龙秀林，关掉农贸市场的门面，回到长沙，准备找机会打零工。

　　龙秀林得知了龙先兰的情况，给龙先兰打电话："回来吧，学习养蜜蜂，这个可能适合你。"龙先兰没想到龙秀林没有恼怒，而是继续支持他。"开始那一段真不顺利，但不管什么事，只要我想干，大哥都给我出主意，支持我、帮助我。"龙先兰跟村里人说，也跟龙秀林的父母说，现在他已经真心把龙秀林的父母当作了自己的父母。

十八洞村群山环绕，蜜源多，质量好，但村民不会养蜂。龙秀林牵线，让龙先兰跟着外地的养蜂大户学习，又替龙先兰协调到两万元贷款。龙先兰没想到，自己还真跟蜜蜂有缘，别人摆弄不了的蜜蜂，在龙先兰手上，服服帖帖。龙先兰靠养蜜蜂，赚到了人生的第一桶金：五千元。

2015年下半年，扶贫队组织了一场相亲大会。龙先兰不爱说话，又没有才艺可展示，一口气做了18个俯卧撑。邻村姑娘吴满金动了心，两人当场牵了手。可姑娘的妈妈知道后，坚决不答应。她自己就是十八洞村出来的，她知道龙先兰的底细。

龙先兰很受打击。龙秀林怕他又是一蹶不振，找机会便劝他："你现在是能赚点钱了，但你原来那些坏毛病一年半载能改掉吗？人家不相信你，可我相信你。你把养蜂的产业继续做大做强，年底我和你嫂子去做满金家爹妈的工作。"

龙先兰相信这没有血缘关系的亲哥哥，他不负众望，发奋琢磨，养蜜蜂养成了行家、专家，十里八乡的蜜蜂都没有他家蜜蜂会采蜜、酿蜜，龙先兰的钱袋子很快就鼓起来了。龙秀林做通了吴满金父母的工作，其实，龙先兰这些年的变化，吴满金都看在眼里，喜在心头。

2017年年初，龙先兰、吴满金终于走到了一起。龙先兰的婚礼是一场十里八乡都不曾有过的热闹婚礼。县里领导、扶贫工作队、全村人都来道喜祝贺。看着满脸幸福的一对新人，不少老人直抹泪。谁也没有想到，这个可怜又可恨、烂泥巴扶不上墙的孤儿能有今天。

"孤儿不孤全村个个是亲人；贫困不贫苗乡处处见精神。"

龙先兰家门上大红的喜联，从他成婚那天起，一直贴到现在。

2016 年，十八洞村脱贫摘帽，成为"明星村"。龙先兰浪子回头，也成了"明星村"的"大明星"，他的故事被搬上荧屏和舞台，一个孤儿摆脱物质和精神贫困的艰难历程，鼓舞了更多的人，勇敢面对人生、面对挫折。

现在，养蜂是龙先兰主要收入来源，每年毛收入在五十万元左右。2019 年，他在县城买了新房子，之后，又买了吉普车。2020 年，龙先兰在十八洞村边的峡谷里建设了一处游泳池。受疫情影响，十八洞村当年收入只有几万元，但是龙先兰并不气馁，旺季时每天有一千多人的客流量，他仍然看好这个新项目。如今，龙先兰每日里精神抖擞，热情洋溢，儿时的伙伴都羡慕他、佩服他，更愿意学习他、靠拢他，羡慕他的幸福日子，佩服他积极向上的精气神，跟随他。

吴满金怀孕了，龙先兰喜上眉梢。去年三月，龙先兰当了父亲。抱着可爱的婴儿，龙先兰满心的欢喜和感慨，他给女儿取了个名字——龙思恩。

五

说到十八洞村的脱贫攻坚，离不开十八洞村的三任扶贫工作队队长——第一任龙秀林，第二任石登高，第三任麻辉煌。

"总书记都去了十八洞村，在十八洞扶贫应该不难吧？"这是三任扶贫队长最常被问的一个问题。

"十八洞更难！"龙秀林说。

"十八洞更难！"石登高说。

"十八洞更难！"麻辉煌说。

湖南花垣县十八洞村，是习近平总书记精准扶贫的首倡地，是全中国扶贫"取经"的地方，更是全世界瞩目的地方。

"虽然难，但在十八洞带队扶贫，更是一种无上光荣。"三任队长不约而同地说。在他们看来，十八洞要探索可推广、可复制的精准扶贫经验，不能造盆景、垒风景。十八洞村脱贫工作，难就难在无处取经。"况且，全国人民都盯着这里，我们只能做好！"

于是，龙秀林、石登高、麻辉煌，三任队长在这个天降大任的苗家山村进行了一场精准扶贫的接力赛。

为了探索可复制、可推广的精准扶贫模式，2014年1月，花垣县委组建了全中国第一支精准扶贫工作队，龙秀林就任扶贫工作队队长。

龙秀林没想到，他信心满满地来到十八洞，十八洞的老百姓就给他送来了三个大大的"见面礼"：

——在十八洞村的见面会上，村里的党员干部用苗语向龙秀林发出疑问："县里派一个宣传部的副部长来搞扶贫，只带来'一张嘴'，到底行不行呢？"——这是龙秀林收到的第一个"见面礼"。

——村民们得知工作队进村之后不分钱不发物，很是恼火，竟然有一个村民连夜在村部的围墙上写满了"工作队、村干部集体贪污扶贫款"的大字报——这是龙秀林收到的第二个"见面礼"。

——"酒鬼"龙先兰突然闯进龙秀林给省领导汇报的会场，大声嚷着要饭吃、要老婆——这是龙秀林收到的第三个"见面礼"。

面对这三个大大的"见面礼"，龙秀林想到的是必须首先统一思想，激发内生动力，探索村民"思想道德建设星级化管理"。

龙秀林想，让村民心服口服，要从干实事开始。他着手的第一件事，是拓宽村里的道路、改造农网，但这样做自然要占些土地，涉及 53 户村民的农田、荒山、林地。

有村民不同意："占地？先给补偿！"

龙秀林解释："这是村里的公共道路，没有补偿。"

有村民撂下话："没有补偿，修什么路？休想！"

龙秀林没有其他办法，只能从做工作开始。可是，村民不听他的，有的村民，龙秀林上门五六次也没说动。原本就有村民质疑，扶贫款被扶贫干部私吞了，现在看到龙秀林赤手空拳，更多的村民相信了这个猜疑，有人在村委会涂上"工作队瞎指挥、毁森林"的大字报，这个大字报贴在"工作队、村干部集体贪污扶贫款"旁边，让龙秀林非常尴尬。本想大展拳脚的龙秀林，突然发现自己连一棵树、一根电线杆都动不了。

可是，龙秀林毕竟是个爱琢磨问题的"宣传干部"，他很快意识到，脱贫攻坚，为村民办实事，仅靠有热情是不够的，必须融入村民，激发村民的主人意识和内生动力。如何才能激发起来呢？"光开会，村民没兴趣，即使花钱买烟买水果请他们来，也是在会场上打瞌睡。"

得有"接地气"管用的办法。龙秀林发现，十八洞人特别爱打篮球。每个村子都能拉起一两支队伍，一有篮球赛，全村男女老少都围着看，有时正在下田的农民甚至没来得及洗脚就赶来球场。

有了！龙秀林决定先办几场"村际"篮球赛。每场比赛，龙秀林要么和村民一起上场打球，要么前前后后忙活着组织、助威和服务。

每打一场"村赛"，就聚一把"村心"。十八洞村民的集体荣誉感增强了，再也没人把龙秀林当外人。"一张嘴"的话，村民愿意听了。

"十八洞是我们的家，要富要美靠大家！"趁热打铁，龙秀林一方面推出村民互评、给农户标星级等办法，另一方面利用组织球赛攒下的"人气"，与村民拉家常掏心窝。村民们终于明白，修路架线等公共事务造福全村，人人都受益，自然需要人人出把力。

渐渐地，"不给钱不让修路"这类话没人说了。曾因不让电线杆架在自家田里大闹村部的村民施六金，还无偿让出地来给村里建停车场。

2016年6月，龙秀林离开十八洞时，道路拓宽了，农网改造完成了，停车场也修建好了。村民，又舍不得这个"一张嘴"干部了。

"通过管理，我们惊喜地发现村支两委的凝聚力上来了，村民的精气神上来了！"龙秀林由此总结提炼了"投入有限、民力无穷、自力更生、建设家园"的十六字精神。思想通则百事顺，在修路、农网改造、机耕道建设中，村民们纷纷出工出力，没有一个讲价钱的。

"砍下了'三板斧'，我们因地制宜发展产业。没有土地，我们采用'飞地模式'租用外乡的土地种植猕猴桃；成立苗绣合作社，发展订单产业；发展乡村旅游、发展红色旅游；等等……一套组合拳打下来，十八洞村发生了深刻的变化，乡亲们日子越过越红火。"2019年，庆祝中华人民共和国成立70周年大会隆重举行，龙秀林被邀请代表十八洞村参加群众游行，并且站在脱贫攻坚方阵的彩车上，接受总书记和全国人民的检阅。

接替龙秀林跑第二棒的，是石登高。

石登高穿着苗族服饰，戴着细框眼镜，长得白白净净，说话轻言细语，看上去书卷气十足。可是，十八洞村乡亲们都知道，这个队长做人有股闯劲，做事有股狠劲。石登高接手的十八洞村现状是，整个村子已经整体脱贫，落在他肩上的重担，在于带领乡亲们探寻"巩固脱贫"的好法子。

石登高到了十八洞村，便挨家挨户走访，想知道老乡们最想解决的问题、最迫切的心愿。经过深入调研，石登高摸清了十八洞村的"家底"。他发现，一方面，十八洞村的脱贫解困，靠的是外出务工收入，村里还没有形成完善的经营思路，留不住人更留不住心；另一方面，十八洞村重峦叠嶂，留存着苗族村寨原生态文化样式，旅游资源优势得天独厚，但是十八洞村的旅游开发还几乎是个零。

经过几方论证，石登高同工作队为十八洞定下目标——"鸟儿回来、鱼儿回来、虫儿回来、外出打工的人回来，外面的人进来。"然而，村民们却心有疑虑：旅游这玩意虚头巴脑，不像种地收谷子那样实在，能靠谱吗？村里不是没人搞过，现有的那几家农家乐，惨淡经营，门可罗雀。现成的都搞不明白，再搞那么大阵仗的旅游，不是烧钱吗？

石登高明白了大家伙儿的顾虑，心想不如从大家能接受的开始。搞旅游的"第一把火"聚焦村容村貌改善。石登高说："把屋子打扫干净，才能请客。"整治村容村貌，最难啃的"硬骨头"在禁养。村民大多搞养殖增收，可禽畜粪便污染是发展旅游的"拦路虎"，石登高提出"打扫屋子"，从改厕改圈（猪圈）开始。可是，这事一提出来，村子里又炸开了锅，村民都习惯了在这样的环境里生活，稍改动一点都接受不了。

石登高苦口婆心地劝："不改的话，在屋里都闻得到臭味，你家孩子都不乐意回家是不是？"村民一想，是啊，说得有道理。工作做通了，事情就好办了。很快，把苗寨从禽畜粪便味中"解放"出来，成为全体村民的共识。

　　可是，禁养的事村民还是想不通："石队长，不让搞养殖，年底你给大家发年货、你给大家买肉吃？"石登高苦口婆心地讲道理，一户户做工作："搞养殖，村子里环境不好，留不住客人，搞旅游就会沦为空谈。咱们要看以后是不是？往后旅游发展起来，眼前这些损失一定会弥补。"

　　很快，整治后的十八洞，颜值提升了，古朴的苗寨与周边天生丽质的山水，相映成趣。更何况精准扶贫首倡地"自带流量"，仅仅一年，新打造的十八洞就吸引了三四十万游客，是原来的三倍之多，村民房屋租金也涨到了六七万元一年。村民不出家门便尝到了旅游产业的甜头，积极性瞬间高涨，就连原来每天拿一个小板凳、靠在墙根晒太阳的老奶奶，都自觉地大清早去摊位"上班"了。

　　然而好事多磨。一些村民刚办旅游，有些初级粗放，有些目光短浅，村里在服务接待方面的短板越发凸显：停车难、堵车多，秩序乱。

　　怎么办？石登高觉得，引导、严管固然必要，但要根本解决问题，要从体制机制上想办法。工作队与村委会经过论证，引进社会资本，与村集体共办旅游，打造成熟的旅游服务业，以规范的市场机制从根本上规范旅游秩序，村集体办好餐厅，倒逼农家乐升级。村民又不干了，有人抗议，这是肥水流入外人田；有人质疑，村集体办餐厅，这明摆着是跟村民抢客源。石登高却很固执："如果一直这么乱下去，游客不愿意来，大家都没生意。集体餐厅有盈利，每个村民都有份。"十八洞村旅游股份有限公司挂牌了，效果立竿见影。现在，近60名村民经过考试上岗，当起了保洁、保安、讲解员。十八洞每到周末有两三万游客，高峰时甚至达到十几万人。

在石登高的努力下，村集体开办了"思源餐厅"，注册"十八洞村"商标35类72件，成立了农旅农民合作社……十八洞村的致富路，越走越宽：人均年纯收入由2016年的8313元增加到2018年的12128元，集体经济收入从7.5万元增加到70万元。村民们说起石登高，都竖大拇指。

2019年10月1日，石登高被邀请进京，参加庆祝中华人民共和国成立70周年大会。在盛典现场，看见十八洞元素出现在"脱贫攻坚"方阵中的那一刻，石登高热泪盈眶，还有什么比这一刻更值得呢？为了十八洞村，再苦再累也不怕。从北京返回湖南不久，石登高便离开了队长岗位，这时，十八洞村的人均年纯收入达到14668元，而白白净净的石登高，也晒成了和村民一样黝黑的肤色。

如果说石登高来的时候是个白白净净的书生，接替他的麻辉煌来的时候绝对是块"黑炭"。麻辉煌，这个作为土生土长的山里娃子，进城读书时不敢走远路，出门都要放石头或者稻草在马路上作为标记。麻辉煌工作二十多年后，却更喜欢往基层跑了。正因为常年在基层，麻辉煌练就了洪亮的嗓音、如飞的脚步。他一张脸晒得黑黝黝的，比十八洞村民还黑上三分，走起来脚不沾地，十个八个小伙子都追不上他。

纵使麻辉煌手脚麻利，他的时间也不够用，十八洞村民说起他，都知道，他的电话就是"村民热线"，有什么急事、难事，找麻队长就对了——乡村发展需要理思路，旅游发展更需要大规划，为此，村里请来了湖南大学设计研究院专家团队为十八洞村出点子、明方向；村民隆会的房屋由于地势原因排水不畅，总是在雨天饱受水淹之苦，麻辉煌接到他的电话，马上赶到他家了解情况、解决问题；十八洞村属于新兴景区，许多旅游设施都不完善，旅游公司与村委会准备给村民建一个集中销售自家产品的摊位点；十八洞村山多地少，为了促进十八洞村旅游业长远发展，必须规划好现有的每一寸土地，这天，麻辉煌带领驻村工作队与村支两委、湖南大学设计研究院尹博士团队一起进行了实地调研；十八洞村自成立农旅合作社以来，做了多种尝试，有很多不菲的成效，为了更好地建好合作社，麻辉煌又带领驻村工作队与村支两委对合作社的经营模式进行了讨论，他认为，合作社不能大包大揽，必须向市场化、专业化转变，专注于市场营销、产品包装等方面，需要将农户同合作社紧密联系起来，让两者形成有效发展模式……

"麻队长热线"常常一天有一二百个通话记录，手机使用时间过长，摸起来烫手。他每天留给家人的通话时间，却以秒计算。

可是这次，"老基层"在十八洞也遇到了新问题。

十八洞由梨子寨、竹子寨、飞虫寨、当戎寨合并而成。村民们反映，十八洞固然发展好，可各个寨子之间发展不均衡，现在梨子寨、竹子寨有地域优势，旅游产业主要分布在这两个寨子，飞虫寨、当戎寨位置较偏远，却还是原地不前。

麻辉煌找到了问题的根源，对症下药选准工作重点：拓宽连接梨子寨、竹子寨同飞虫寨、当戎寨的路，把游客引过去。

原来的道路狭窄，只能进三轮车和摩托车，已经跟不上新的发展。麻辉煌提出扩路的计划，不想又被泼了冷水，村民不愿为修路让地。麻辉煌一家一家上门做工作，因为涉及自己的利益，哪个都不愿意让步，甚至连续给麻辉煌吃"闭门羹"。麻辉煌着实被气着了，但很快就平息了怒气，继续心平气和地同村民做工作，他深知："不能和农民怄气，生气解决不了问题，只能耽误脱贫。"于是，他带上村民代表敲门去，与农户反复算扩路的收益账，努力说服村民让步修路。

为了修通道路，麻辉煌召集驻村工作队召开了党员及村民代表大会，召集"互助五兴"组成员开火塘会议，并不断地到群众家里做思想工作。他的耐心、诚心终于有了回报，村民终于同意让路。路拓宽了，"四寨共享"旅游红利成了现实。"基层工作，很多事不可能一次搞定，但要调整好心态，不能气馁。"这是麻辉煌的基层治理经验。

就这样，担任驻十八洞村工作队队长以来，麻辉煌解决了以前大家想办却办不下的事。

十八洞村以自己的奋发作为，向党和人民递交了精准脱贫的漂亮答卷。十八洞整村脱贫，人均年收入从 2013 年的 1668 元增长到 2021 年的 20282 元。这个武陵山腹地的山村，衣食足、产业兴、乡村美，成为精准扶贫伟大成就的一个缩影。

龙秀林、石登高、麻辉煌三任扶贫工作队队长，一棒接着一棒干，一张蓝图绘到底，干出了十八洞村的幸福生活。十八洞村民竖起大拇指，夸他们是我们的"玛汝（苗语，好）队长"！

午

凤 鸣

——两个襄阳村庄的前世今生

南船北马，七省通衢。

——这就是湖北襄阳。

汉水之北为樊城，汉水之南为襄阳，两城隔水相对，互为犄角，地形险要，易守难攻，是扼守长江的屏障。

襄阳简称"襄"，地处汉水中游、南阳盆地南端，长江最大的支流汉江穿境而过。襄阳西接川陕，东临江汉，南通湘粤，北达中原，是鄂、豫、渝、陕四省市毗邻地区的交通枢纽。

襄阳肇始于周宣王于此封仲山甫（樊穆仲），已有2800多年建制历史，是楚文化、汉文化、三国文化的主要发源地。历代为经济军事要地，素有"华夏第一城池""铁打的襄阳""兵家必争之地"之称。

一

南河，是汉江最大的支流。

南河，南源于神农架阳日湾的粉清河，北源于武当山的马拦河，在湖北襄阳市谷城县南河镇境内蜿蜒 60 多公里。大自然的鬼斧神工，造就南河绚丽多彩的旖旎风景。

巍巍青山间，一峡清水激荡向前。南河"小三峡"，因神似举世闻名的长江三峡而得名，吸引了不知道多少游客流连忘返。"小三峡"河水发源于神农架林区，历史悠久的"粉水澄清""文龙书院"等人文景观，与鬼斧神工的"钓鱼台""香炉台"等自然景观浑然一体，妙趣天成。

穿过南河大坝，往南河镇西北 13 公里的深山更深处行进，便来到大薤山脚下的谷城县南河镇苏区村。苏区村，原名"七里沟"，距县城 33 公里，新中国成立后更名为"苏区村"。

这里曾是我国土地革命战争时期谷城县苏维埃政府、谷城地方红军创建和活动的重点区域，贺龙曾率领红三军在这里与敌军鏖战。这个远近闻名的村落，因其鲜明的革命老区苏区特色，被人们称为"红色村"。

然而，如此秀丽的神山圣水，却也拦不住贫困的侵蚀。同中国其他苏区革命老区一样，苏区村山高路远、地处偏僻，在相当长的时间里脱贫无路、致富无门。

这里是集革命老区、库区、山区于一体的省定重点贫困村，也是谷城县打赢脱贫攻坚战的主战场——

苏区村党支部书记郑思群总结出了贫困原因：山多地少环境劣，交通不便望天叹。苏区村山多，山上多为岩石和杂木丛，果园和经济林难以生长；这里地又少，全村耕地 840 亩，其中水田仅一半有余。恶劣的自然环境和落后的交通条件让这里的百姓大多过着"望天收"的穷苦日子。全村 340 户中有 143 户是贫困户，1300 余人人均只有 2 分耕地，贫困发生率超过三分之一。

2014 年底，襄阳成立 289 个帮扶工作队，奔赴秦巴山区南河流域片区，进村开展调研，制定扶贫方案，开展"五帮"活动。所谓"五帮"，就是领导联乡帮、单位驻村帮、干部联户帮、区域协作帮、社会参与帮。

苏区村有一个贫困户叫作彭国全。以前，彭国全到处去挣钱讨生活，修路、修隧道，挖矿、采石头，他几乎什么都干过，每天忙得脚不沾地，但是一年到头却发现钱没赚到几个，辛苦委屈不说，等于白忙活一场。彭国全无奈之下索性回到老家摸虾捉鱼混天度日，可是这几个钱也养不了家，一家四口人日子过得很窘迫。

百无聊赖的彭国全见到上门动员的驻村扶贫队员，仍是将信将疑：追都追不到的好日子，能就这样自己找上门来？他不相信。他试探着跟扶贫工作队提出想养羊。扶贫工作队二话不说答应替他想办法。他们实地考察、反复论证，认为彭国全所说的养羊是个可行的路子，于是尽快帮助彭国全搭建了养殖场，购买了羊羔，还请来兽医对他进行技术培训。吃过苦的彭国全不怕吃苦，他懂得这是个难得的机会，他珍惜机会，抓紧一切时间认真学习，很快掌握了养羊技术，在扶贫工作队和兽医的帮助下，他的羊越养越好，终于成为村里的养羊高手，四面八方的养羊户纷纷拜他为师，上门取经。

2017 年的寒冬，主动请缨进驻深山的第二批扶贫队员老刘和小江刚到苏区村不久，就被大自然来了个"下马威"。连续下了半个月大雪，村里封山封路、停水停电。老刘和小江住在新建的村委会，一天只吃两顿饭，饿了就嚼点快餐面。他们不怕苦不怕累，怕的是令人难受的莫名之"冷"——扶贫到攻坚时期，需要爬坡过坎啃硬骨头，可是就在这关键时刻，他们遭遇的却是基层群众的不理解。

"他家穷，能认定为贫困户，我家也穷，为什么认定不了？"

"政府为什么帮他家，不帮我家？"

"政策不公平，我们有想法！"

……

村民们一连串的问题让老刘和小江应接不暇，他们越来越体会到扶贫工作的艰巨性和复杂性：刚到村里，就有农户找上门来哭闹着要当贫困户；走在路上，就有贫困户围堵着索要扶贫救济；住在村委会，时常被村民包围要政策、要倾斜、要扶持……

为什么精准扶贫工作投入那么多人力物力财力，老百姓还不满意？老刘和小江带着疑问，趁着下大雪村民都在家，开始挨家挨户走访，倾听大家真实的心声，寻找工作的症结所在。

看着顶风冒雪赶来的老刘和小江，村民虽然有抵触情绪，也有很多不解，但想到大家都窝在家里暖暖和和地烤火，这些城里来的干部却在寒风中为了大家的利益到处奔波，最终还是觉得过意不去。老刘和小江与他们促膝长谈，他们慢慢敞开了心扉。

"你们送猪仔让我养，我连猪圈都没有！"

"你们叫我们养猪养羊，养了卖不出去怎么办？"

"我为什么要去养羊？扶贫扶贫，把养羊的钱分给我，不就让我脱贫了！"

连珠炮一般的问题，让老刘和小江目瞪口呆。他们从小生在农村、长在农村，可是直到今天才知道，他们还真正不懂得百姓在想什么。

"做群众工作，就得走到老百姓家里去，把他们当成自己的亲人，换位思考去交心谈心。我和小江都是农村长大的孩子，只有走到田间地头，走到群众的心头，才能真正找到存在的短板问题，才能做通老乡们的思想工作。"老刘说。

老刘和小江进驻苏区村之后，为了全面熟悉掌握每一家贫困户的困难问题，与扶贫工作队一起，专门绘制了一张全村贫困户的分布图，每走访一户，就在地图上标注一户的基本情况。从2017年他们下乡的那年冬天开始，短短两个月时间，他们就走访了200多户村民。

扶贫先扶志，想方设法激发贫困户的内生动力是关键。

扶贫先扶智，要让百姓们学会解贫脱困的智慧和办法。

2018年初，入驻苏区村的扶贫工作队决定改变过去送钱送物的做法，参照其他地方产业奖补操作办法，制定出台"苏区村扶贫奖扶办法"，"一对一"地为贫困户量身定做产业帮扶措施，按每户每平方米500元至2000元的标准，引导贫困户自主发展产业，鼓励外出务工增加收入，实行多劳多得多奖扶。

这样，就从根源上坚决杜绝"养懒汉"的问题。2018年12月，经过扶贫工作队的不懈努力，全村建档立卡贫困户137户355人全部达到脱贫标准。

没有扶贫扶志，没有扶贫扶智，没有强大的村级集体经济做支撑，仅仅依靠输血式扶贫是不可持续的。这是老刘和小江的扶贫感想。扶贫工作队还立足苏区村的温泉资源、红色革命文化资源，综合考虑南河镇整体旅游资源，按长远、中长期、短期分类设计规划，将该村的长远发展定位于做乡村特色旅游；结合当地气候、土壤条件，中长期产业选择了种植红心猕猴桃项目；短期内见效快，在分两批建成100kw光伏发电的基础上，新建电商超市，解决当前贫困户脱贫问题。

红心猕猴桃产业、光伏发电、电商超市收入……多个产业累加，2018年12月全村建档立卡贫困户137户355人全部达到脱贫标准，苏区村也从"空壳村"变成了有一定实力的山村。

脱贫致富，不是进军深山的唯一目标。

乡村振兴，才是走出大山的未来方向。

穿村而过的温坪河曾是一条污水横流的臭水沟。2015年，苏区村开始河道清理工程。经过垃圾清除、河堤加固等一系列措施，温坪河逐渐变得清澈干净。

苏区村内的过境主干道——南白公路苏区段年久失修。2018年10月，多方努力投资500多万元对该路进行翻修扩宽。村民关心的郑家店沿河路也进行了硬化，彻底解决了沿河北岸40多户村民出行难问题，其中包括30多户易地扶贫搬迁户。

水上、路上干道实现"靓化"后，60盏路灯也被安排"上岗"，照亮村民的回家路；6个垃圾清运箱和100多个垃圾桶分布在村落间；1000平方米的文化广场修建完善，村民有了集中活动的场地。

摘掉穷帽子的山村，犹如枯树逢春，即便是冬日，也处处洋溢着生机——

土地平旷，屋舍俨然；阡陌交通，鸡犬相闻。沿着蜿蜒的柏油马路，穿行在谷城县南河镇苏区村，满眼尽是产业扶贫带来的蓬勃生机，苏区村通过发展特色产业，改善生活环境，村民们用勤劳的双手，在这片有着光荣革命传统的"红土地"上种出致富奔小康的幸福果实。

清晨，鸡鸣狗吠鸟语唤醒熟睡的村庄，羊群上了山，猪仔在饱食，鸡鸭在散步，阳光透过山间薄雾，将农忙的身影映在这片红色土地上。只有基地里的猕猴桃藤蔓和山上的杂树在冬眠蓄锐。

晌午，山间的袅袅炊烟，便是农家美味的预告。孩子们奔腾在回家吃饭的路上，欢闹声与穿村而过的温坪河水交融，就连鱼儿和水草也在跟随节奏起舞。

到了傍晚，夕阳挂在山头晕染出一片红霞，此时村委会的乡村大舞台是最热闹的。音响一开，音乐一起，孩子们、姑娘媳妇们、奶奶阿姨们，都成了最靓的仔。恣意的舞台消除了学习压力，也拂去了白日面朝黄土背朝天的劳累。

今天，深山老林里的苏区村成为城里人进山休闲的旅游目的地。过去只会在土里刨食的村民，也骄傲地向亲戚、朋友、游客炫耀："我们这小日子，过来的城里人都说羡慕呢。"

如今，苏区村依托红色文化，立足绿水青山，正在谋划一条农旅融合之路，吸引更多的人进山——

早上，游客可以从南河大坝坐船到龙滩村，打卡"小竹排在画中游"；再由温坪上岸到苏区村来吃农家饭、摘猕猴桃、访展览馆，感受"红色乡村"的"绿色发展"；傍晚时分，坐车到闻名中外的"中国南避暑山庄"薤山，赏日落星辰，住森林民宿，享受自然"森呼吸"；第二天清晨，在听山间鸟语中苏醒，来一餐襄式"牛肉面＋黄酒"，在微醺中乘车，从谷城县紫金镇上高速，开启下一段旅程。

二

黄集镇，地处鄂豫两省交界处，南阳盆地南缘，襄宜平原北沿，南靠襄阳市，北接邓州市，东临白河，西连世界著名的"天上银河"——八里半排子河大渡槽。

"茅草比人深，兔子能成精。"过去，一提起襄北的黄集镇，人们往往会想起这两句话，想起那无边的黄土岗地，黄泥巴坯砌就的低矮农舍；还会想起"襄北岗地""旱包子"这些带着偏见的词，以及黄土、黄尘、苞谷糁、红薯这些与之相关、充满了偏见的印象。

说起黄集镇，在其西北角的毛岗村更是与那些贫穷、愚昧、落后、荒凉的词紧密相连，甚至有人编出了这样的打油诗："荒岗荒坡茅草房，补丁补满烂衣裳。一天三顿红薯汤，干起活来心发慌。家家户户穷叮当，有女不嫁毛岗郎。"

女儿都不敢嫁的毛岗村到底什么样？

20世纪80年代，毛岗村村民挖堰塘时，拆掉了一条小石板桥。当时三组村民张爱虎家正在盖院子，便把石板桥上废弃的几块青石板拉了回去。在清理石板时，他发现其中一块石板上刻有很多繁体字，虽然他不认识那些字写的是什么，但他本能地觉得这东西也许有价值，便把石板保存了下来。

不知不觉，三十多年过去了。2017年2月，襄州区民政局工作人员在毛岗村进行地名普查时获悉此事，马上赴现场勘查，发现这块石板竟然是一块"村规民约"碑。

工作人员将这块石板送到文物部门。经鉴定发现，这是一块青石质石碑。石碑长方体，高 1.5 米、宽 0.6 米、厚 0.2 米，名为"遵示勒石"。立碑时间为光绪五年，即 1879 年。

明末清初年间，神州大地战乱频繁灾荒不断，国无宁日生灵涂炭。毛岗先民们拖家带口从山西出发，过黄河穿南阳，一路向南逃荒避难，沿途过着衣不遮体食不果腹的生活。这年夏天，疲惫不堪的他们来到鄂豫边界的一个地方，顿觉眼前一亮——

疯长的茅草一眼望不到边，野兔、野鸡、狗獾等在草丛里窜来窜去。不远处的几个小丘陵上的树木枝繁叶茂，树下开满五颜六色的野花。再往东数百步，众人眼前出现一条又宽又长的河流。河水清澈见底，成群的鱼虾在水中游来游去。河水清凉甘甜，捧一捧送到嘴边回味无穷。

衣衫破烂蓬头垢面的毛岗先民们当即决定在这里创建自己的家园。因此地有五道连绵起伏的小山岗，毛岗先民们便为村庄取名"茂五冈"。

在这里，男人砍树，女人割茅草，小孩子和泥，大家心往一处想劲往一处使……很快一座座茅草棚出现在偏僻荒凉的黄土岗地上，先民们终于有了遮风挡雨的家园。

当一道道荒岗荒坡被夷为平地，当一片片茅草被连根拔起，当一条条沟渠连接东西，当一粒粒种子生根发芽，当一棵棵果树开花结果……寒暑交替，四季轮回，即便十年九旱贫穷陪伴，红薯充饥难保肚圆，粗布衣衫手中无钱，缺吃少穿致富困难……但毛岗先民们非常知足。因为他们再也不用过着颠沛流离的逃难生活，因为他们可以扎根在这里生儿育女繁衍后代。

到了光绪年间，茂五冈发展成为一个不足百户的村庄，村里居住着张、王、尹、姜四大姓。这里民风淳朴，耕读传家。乡邻互敬，和睦共生。村庄位置较为偏僻，因此避免了历代战争的侵扰，成为乱世中的"桃花源"。

茂五冈村外出经商、求学、闯江湖的人越来越多，其中一些年轻人在外染上了坑蒙拐骗偷、吃喝嫖赌抽等恶习，一段时间以来有不法之徒为非作歹。王心印、尹贵头、姜魁先、王道礼、李克国等几位先贤担心毛岗村民被歪风邪气带坏，他们多次向襄阳县府报告，希望立下"村规民约"碑。

碑文如实记录了这个过程。为了正风气、安民心，茂五冈村经"钦加同知衔准补石首县调署襄阳县正堂加二级高"同意，请当地贡生尹相汤书写碑文，立下"村规民约"碑，奉劝不法之徒驱除恶念，各安本分。如有不听劝告者，将按所犯约定轻重给予相应处罚。

这块石碑碑文完整、字迹清楚，记录的"村规民约"共有九条，涉及民众生产生活、乡风民俗等方面，主要有不准散养家畜践踏庄稼，不准开设赌坊引诱良善子弟，不准以寻草之名偷割青苗，不准以捡麦穗稻穗之名偷割庄稼……同时，还提倡见义勇为，积极举报，对见到别人偷割庄稼而不举报者要一同受罚。

有规矩才能成方圆。正是因为有了"村规民约"碑，才使个别心存不法之徒得到震慑，心存侥幸之人得到警示。从此后，守规矩讲道理、尊老爱幼、提倡节俭等文明之举在茂五冈蔚然成风，一直延续……新中国成立后，茂五冈村改名为毛岗村。如今，这块珍贵的"遵示勒石"碑竖立在毛岗村委会和公园之间的重要位置，也深深地植入毛岗村民的心中。石碑像一位饱经风霜的百岁老人静静地站在那里，向后辈们一遍又一遍地讲述关于毛岗村的前世今生。

石碑的发现，更加坚定了毛岗村群众将良好乡风文明传承下去的决心和信心。今天的"遵示勒石"碑旁，还有一块新建的宣传栏，对碑文进行解读，并将毛岗村新村规民约进行公示，让群众通过碑文了解毛岗村乡风文明的悠久历史，将文明永远传承下去。

前些年，一些村庄一到冬闲，赌博酗酒打架之风盛行。针对这种不良现象，毛岗村提出"争创美丽乡村，争当文明村民"的口号，在全村倡导健康生活方式。

张正良说："腰包鼓了，我们脑袋不能空。"

近年来，毛岗村美丽乡村建设先后财政投入及村自筹资金500万元，村公共设施不断完善，村容村貌明显改观。

为丰富村民文化娱乐生活，村子里还修建了4000平方米的文化广场，配备篮球架、乒乓球台和健身器材，此外还新建了农家书屋和棋牌室。

村委会还在毛岗公园新修近200米的文化长廊，每年开展一次践行村规民约"十星级文明户""最美毛岗人""立家规、传家训、树家风"等系列评选活动，并进行张榜公示宣传，极大地激发了村民参与创建的积极性，也为传承良好家规家训、创建"五好家庭"提供了一个展示平台。

毛岗村围绕乡风文明主题，采用图片、漫画以及村内的生动案例相结合的方式，将中华传统优秀文化生动活泼地展现在村民面前，让村民耳濡目染，潜移默化，形成良好家风，毛岗村近年来未出现过一例因家庭矛盾引起的纠纷。家庭和睦、邻里守望、团结互助已经成为毛岗村乡风文明的新风尚。

乡风文明不仅体现在良好的家风上，也体现在红白事宜的办理上。2017 年，毛岗村成立了红白理事会，经支部推荐、村民推选，由在村民中有威望的八位年长者分别担任会长、副会长和理事。理事会从平时工作摸索中找经验，总结出了一套切合本村实际的移风易俗、喜事新办、丧事简办的红白喜事理事会章程、制度。

2019 年 1 月，毛岗村红白喜事宴会厅正式筹建，同年 5 月落成使用，此后年均接纳 30 多户在此举办的红白喜事婚丧家宴。理事会免费为群众提供宴会场所，严格规范红白事宜宴会范围和标准，对礼金等进行限定，倡导喜事新办、丧事简办，不相互攀比、不铺张浪费、不燃放鞭炮，一次宴席至少能让村民节约开支近 4000 元。

毛岗村的百年历史，镌刻在历经沧桑的古老石碑上；毛岗村的古老文明，镌刻在同心同德的村民心上；毛岗村的壮阔未来，镌刻在村民们写满希望的眼眸中，激励着一代又一代的毛岗人自强不息奋发有为。近年来，毛岗在外工作、经商等方面的杰出代表有 80 余人，全村截至 2019 年底大学生人数达到 120 多人。

2020 年，毛岗村被评为"全国文明村"。

牛耕陌野连桑梓，水灌乡田伴夕晨。如今的毛岗，地势平坦处处皆是良田，随处可见热火朝天的农忙场景；笔直宽阔的道路两边花团锦簇，蜂蝶在花丛中翩翩起舞；村庄里，道路宽阔，路灯明亮，绿树成荫；家有小车，户有楼房；乡风文明，百姓安康……

勤劳朴实的毛岗人用手中的画笔在描绘世世代代梦想中的诗画意境，描绘春天的花海、秋天的稻浪，描绘毛岗的勃勃生机。穿越历史烟云、历经岁月洗礼的毛岗村凤鸣九天，展翅飞翔……

山 哈

——景宁畲族，与神同欢的山里客人

两山夹一水，众壑闹飞流。

这便是浙江省丽水市景宁畲族自治县。

景宁地处洞宫山脉中段，地势由西南向东北渐倾。发源于洞宫山脉的瓯江支流，自西南向东北贯穿全境，将县城分割为南北两个部分。一百多公里宽的沿江狭长带，构成了景宁"九山半水半分田"的地貌格局。

景宁境内多山，千米以上的山峰有779座。大自然以神奇伟力，在山峦上留下了刀劈斧砍的深深印记。数千座山峰峰峦耸峙，高低悬殊，千皱万褶，各显神通。

景宁畲族自治县是中国唯一的畲族自治县，也是华东地区唯一的少数民族自治县。早在唐永泰二年（766年），畲族先祖就带领族人从福建罗源迁入景宁，与汉族兄弟共同生活，迄今已有1200多年的历史。景宁设县于明景泰三年（1452年），取"景泰缉宁"之义，故名景宁。

1984年，国务院批准以原景宁县地域设立景宁畲族自治县。

景宁地处浙南山区，这里发展的动力曾经很大程度上依赖于山里有矿。唐代时，景宁所在的松阳地区就以采银知名。宋代官方矿场浙南闽北占了半壁江山，元明时期也是重镇。因为过度开采，景宁银脉在清代便已枯竭，今天山中依然可见许多矿坑遗迹，许多地方则依旧流传采矿的传说。

让老百姓过上更美好的生活，是中国共产党长期以来的奋斗目标。习近平同志在浙江工作期间，十分关心景宁的发展。他指出："生态的优势不能丢"，景宁"生态环境良好、人文景观独特，发展前景十分广阔而美好""欠发达地区广大干部，发展理念上要站得高、看得远，精神状态上要艰苦奋斗、奋发有为，工作方法上要统筹兼顾、全面推进，为进一步推进欠发达地区加快发展做出新的贡献"。多年来，景宁始终牢记习近平同志嘱托，走绿色发展之路，把独特的民族地域文化转化为发展的宝贵资源。

一

从景宁县城，一路向西南。高耸的山峰扑面而来，层峦叠翠，绿意渐浓。静谧的山间公路上，微风掠过绿谷，薄雾弥漫山涧，小松鼠在树梢间跳来跳去，远处不时有鸟儿悠鸣。弹指间，澄照乡金坵村便在眼前。

从四野清凉的山路进入游人如织的步道，耳边一下子热闹起来。远处，新落成的彩虹滑道沿封金山蜿蜒而下，徐徐降落在一大片玫瑰花海中。近处，喜庆的畲族婚嫁演出正在进行，游人被"新娘"拉进舞蹈的队伍中，引来阵阵欢声笑语。

村口广场上，村民围着篝火跳起舞。在过去35年里，接续"治村"的四任村书记手挽手带头唱起了山歌："一说浙江几多年，人马多来又无田。蓝雷钟姓商量讲，一心乃念封金山……"

金坵村的故事，就在歌声中飞扬着，飘向远方。

金坵村有一个美丽的传说——南宋淳祐年间，畲族先民蓝氏从福建迁往浙江，最早在此地落脚，距今已有约800年的历史。某天，在山间开垦时，曾掘得黄金数斤，金坵的"封金山"由此得名。从掘金到封金，寄托着畲族先民对小康生活的憧憬与梦想。

然而，多少年过去了，金坵人没能挖到"黄金"。

崎岖的山路、飞扬的尘土、宽阔的柏油路、忙碌的农耕机……说起金坵的变化，年过半百的村党总支书记兰文忠首先想到的，就是——路。

金坵村是景宁畲族自治县32个民族村之一，距离县城不到8公里。20世纪80年代，金坵村只有一条扬土暴尘的羊肠小道与外部世界相连。村民们挥起锄头，在狭窄的山间田地上种稻谷谋生，等待老天爷赏饭吃。那时候，人均年收入不到200元。

那时，国家鼓励农村发展小水电，金坵建起150千瓦的蒲洋二级水电站，每年为村里带来5万元的固定收入。可相邻几个村通过劳务输出和兴办企业，日子过得越来越红火，金坵逐渐被甩在后头，成了一个低收入农户集中村。

今天，刚被推选为村党支部书记的雷正余忘不了三十多年前的场景。那时候，公路未通之前，小溪是景宁的主要运输线，人们的生活用品依靠着木头扎排从温州运上来，山里的土产货物从景宁沿河运下去。然而小溪河浅水急，极容易翻船，所以水路主要运货不运人，交通不便。

那是1985年，国家取消粮食统购，改为合同定购，这意味着合同定购以外的粮食，可以送到市场上流通。雷正余意识到，要想富，先修路，金坵村路不通，日子苦，温饱都成问题。想摆脱贫困，村里必须要通路。

兰文忠也记得，那时候，他还不到16岁，每天清晨就要起来，顶着星光同母亲到田里劳作。母亲连续在酷暑中拼命收割水稻，这一天，母亲在太阳的暴晒下中暑了，他劝母亲休息一下再干，可是，醒过来的母亲擦了擦汗又继续走进地里。庄里人家，收割的时间就这么几天，母亲不敢耽搁。一天晚上，母亲向满身泥泞回到家的父亲雷正余央求："明天你留在家里收水稻吧？"可是，父亲给母亲刮完痧，狠着心没说一个字。第二天天没亮，父亲又急急忙忙出门了。再苦再累都没有流过眼泪的母亲流了泪。面对母亲的哀求，沉默了一夜的父亲只留下一句："我是党员，我要带头。"

年长的金坵人都记得，刚开始修路那年是1985年。那时候正是一年的农忙时节，没有机械，没有炸药，甚至没有劳力。雷正余上任后，挨家挨户动员，可应者寥寥，他就独自背起锄头、铁锹、钢钎、大锤，移石头，除荆条，填水坑，再自己一车一车运来山石，一个人平整道路。看到雷正余这么拼，村干部加入了，村里的党员加入了，越来越多的村民也加入了修路的队伍。

大家齐心合力，披霞饮露，起早贪黑，原计划一年半的工期，最终只用了一年。机耕路修通那天，村民们放起了鞭炮。

兰文忠还记得，那天，母亲为了犒劳父亲，多炒了两碗下酒菜。可是，菜还没上桌，父亲已靠着椅子睡着了。为了修路，这一年，父亲度过了多少个不眠之夜？兰文忠数不清楚。他知道的是，父亲实在太累了。

当年，第一次看见一车车金灿灿的粮食运往山外，兰文忠开心地跳了起来。如今，一群群山外的游客纷至沓来，金坵村成了十里八乡有名的"旅游村"。

1996年，带着乡亲们苦干了11年的雷正余退休了，陈立平接过了雷正余的接力棒。陈立平当上村支书没多久，就有村民来"抱怨"：城里亲戚开车来串门，簇新的汽车被机耕路溅起的石子刮了好几道痕。

不如修一条柏油路！念头一起，应者云集。可是，对于尚不富裕的乡亲们来说，到哪里去找修路的钱呢？

"我来带个头！"陈立平东挪西凑，垫出一万元。第二天，时任村委会主任潘欣根拿来两万元……三天不到，村两委班子八个人，硬是凑出9万元工程款。村干部的付出，感动了村民。2.3公里的路，涉及40多户村民的20多亩地，只用1个月就完成了征迁。修成的柏油路蜿蜒如龙，成了澄照乡第一条与省道相连的村道，大家给它取名"景泰路"。

凭借着这条景泰路，金坵村走出了大山，村里的农产品渐渐走出景宁，走向浙江。2002年前后，主产区与金坵仅一山之隔的惠明茶渐渐有了名气。时任村党支部书记陈立平和村委会主任潘欣根开始琢磨：金坵村适合种茶吗？能不能往金坵引进茶种？他们请来农业专家到村里考察，得出的结论令人欣喜：从空气、水质和土壤各个方面分析，金坵村都适合惠明茶种植。

然而，当陈立平第一次在村民大会上提议种茶时，台下瞬间炸开了锅："祖祖辈辈种地，从来没种过茶。""万一搞砸了怎么办？一年收成就都没了！"

　　开会没吵出个结果，大家不欢而散。

　　陈立平和潘欣根坚定信念，排除万难带头种起了茶。寒来暑往，看到试验田的茶树吐出绿芽，产值翻了一倍不止。事实是检验真理的唯一标准，看到种茶有奔头，村民们也纷纷加入种茶的队伍。如今，全村 301 户村民几乎家家种茶，惠明茶茶叶基地已经发展到 3400 余亩，平均每人拥有 3 亩茶园。茶园每年为村里带来 1000 多万元收入，金坞也渐渐成为惠明茶的主产地之一。2020 年，受疫情影响，惠明茶的产量和销量不如往年，可品质上佳的茶叶依然能卖出好价钱。蓝华爱家的茶叶每公斤能卖到 1000 元，30 余亩茶园每年有近 20 万元的收入。

　　2003 年，浙江启动"乡村康庄工程"，柏油路变成了水泥路，惠明茶这个名字，走出了浙江，走向全中国。再后来，"四好公路"在全国铺开，"康庄小巴"开进金坞。惠明茶，正在走出中国，走向更加辽阔的世界。

　　一片小小的茶叶历经村支书们的接力浇灌，成了封金山的"金叶子"。

　　时任村委会主任的潘欣根，是金坞村里的致富名人。他的致富密码，也藏在这小小的惠明茶叶里。在带领乡亲致富的路上，潘欣根不止一次成为"第一个吃螃蟹的人"。

　　潘欣根家是一座有着畲寨风情的二层木质民居，这里曾是金坞村最火爆的一家农家乐。生意最好的时候，一年能接待几万人，旺季时座位经常爆满，一房难求。

2003 年，"千村示范、万村整治"工程在浙江铺开，各地积极进行农村环境综合整治。考虑到金坵村景色优美，地处景宁环敕木山畲族核心聚居区的西大门，陈立平和潘欣根转换思路，决心打好手中的"畲"牌，发展乡村旅游——畲族民族传统，是畲族最宝贵的东西，外面的游客肯定感兴趣！说干就干。陈立平和潘欣根把畲族传统婚嫁习俗排成了一出戏，以此为亮点吸引游客。潘欣根和几位村民瞅准机会，把家里的屋子打扫出来，开起农家乐，办起民宿，成为村里第一批吃上"旅游饭"的人。

2011 年，潘欣根接任陈立平成为村支部书记。金坵村开发了封金山水利风景区，大力推进"五水共治"，美丽乡村建设徐徐铺展。随着金坵村成功创建浙江省 3A 级景区村庄，越来越多的村民踏准乡村旅游的鼓点，把日子越过越美。

在畲族文化保护这件大事上，村民们同样心齐。2015 年春节前夕，在潘欣根和时任村委会主任、畲族干部兰文忠的策划下，金坵村第一届"村晚"拉开大幕。畲汉干部和群众换上民族服饰，围着篝火唱山歌、跳畲舞，欢欢喜喜迎新年。此后，"村晚"成了金坵村的固定节目，一直延续至今。党中央提出乡村振兴战略后，思想活络的兰文忠把目光投向乡村旅游——能不能以畲乡传统文化为特色，吸引更多人前来？

如今，特色村寨建设是金坵的重中之重：和旅游公司合作，由村民本色出演，向游客展示畲族婚嫁习俗；举办蓝氏文化旅游节，吸引蓝氏子孙寻根溯源；农历"三月三"吃乌饭、办歌会，浓郁的畲乡情就在这里愈燃愈烈。

2019 年，兰文忠接替潘欣根担任村党支部书记。在他的策划下，金坵村的乡村旅游练起"内功"，更加注重旅游资源整合，提升景区环境和服务质量，逐步走上专业化发展道路。"历届'村晚'都融入了畲歌、畲舞、畲药、彩带编织、服饰、畲族习俗等传统文化元素，成为连接畲汉群众的纽带。"兰文忠说。这一年，金坵村接待游客15万人次，旅游经济收入超过200万元，其中村集体增收约18万元，村民增收约100万元。2020年，金坵村游客量达到20余万人次，村集体经济年收入近30万元。今年，投资600多万元的花海滑道、蓝氏文化体验中心热火朝天开工，将成为又一个收入增长点。

时光流转，岁月更迭，绿水青山正在变成金山银山。如今，金坵村这个曾经人均年收入仅185元的小山村已经成为人均年收入超1.7万元、村集体资产超千万元的小康村，铸就一段"封金山传奇"。

畲族有句谚语："畲汉一家亲，黄土变黄金。"从1985年起，金坵村的四任村支部书记中有两任畲族、两任汉族。他们有一个特点，村支部书记都曾担任过村委会主任，在担任村委会主任时和前一任书记搭档。畲汉村干部搭档，一任接着一任干，一张蓝图绘到底。如今，巍峨魅力的封金山旁，金坵村四任村支书共同栽下的一片"小康林"正茁壮成长。它静静见证着，封金山的美丽传说正在金坵成了现实。

二

从温州去景宁，不能走直线，而要转道丽水绕一个"人"字。有人说，这条线路大致与瓯江干流的走向重合。瓯江干流中游称作大溪，它和瓯江最大支流小溪汇合于青田县境后才称为瓯江。景宁正处在瓯江小溪的源头。

景宁有多美？流连忘返的人们将景宁称为浙江的香格里拉，此言不虚。然而，千百年来，四面环绕的大山将美丽如梦的景色牢牢封闭起来。唐宋时期国家经济重心南移，浙江一直走在前列，但浙南山区道阻且长，使得这里的开发时间比想象中晚得多。直到15世纪，明政府才设立了宣平、云和、景宁诸县。景宁等县的设立，几乎宣告了浙江内陆开发的最终完成。

从景宁县城向南十二公里处，便是澄照乡漈头村。

漈头村，隶属景宁畲族自治县澄照乡，辖4个自然村：际头上村、际头下村、底垟村和上泥山村，共7个村民小组，计119户385人。

漈头村是景宁县澄照乡最古老的大村，隐匿在一个四面环山的山谷中，漈川河穿村而过，将村庄分为上村和下村。保存完好的明清古民居、古祠堂、古寺庙、古墓群、古龙井、古楹联、古牌匾……无不古香古色，古意盎然，令人顿生时光倒流之感。

夏日里，雨水滴答滴答落在屋檐下；冬日里，飞舞的雪花转瞬便成了雪水，从屋檐流到地面。这里的老人们说，潘氏是漈头村开基家族。潘氏家族迁徙至景宁应该是宋朝，有个京剧剧目叫《审潘洪》，潘洪是皇上的岳父，后面被定罪私通外番，潘氏家族人四处逃难，有一支潘族人从钱塘江逃到了景宁，一部分人就落户在漈头。

漈头村村口的石拱桥边，坐落着一座二进三开间两厢式的行宫。这个古色古香的古建筑，是建于清光绪十七年（1891年）的雷潘行宫，又称雷潘两姓议事厅。

后山村畲族雷氏与漈头村汉族潘氏共同修建了这座雷潘两姓行宫。两姓村民曾经在这里敬神表演，商议大事。重檐部分南北两壁柱间粉白，南侧墨书"钧天广乐"，指的是天上的音乐，寓意村人在此看戏娱乐，享受天籁之音；北侧墨书"扬风扢雅"，意为颂扬高雅的乡风民俗。

为什么叫"雷潘行宫"？很多年前，雷姓一男子常年在潘家当雇工，他勤快老实，聪明能干，深得潘家族人信任，潘家为他娶妻建宅，并赠其山林与土地，经数百年的生息繁衍，就成了如今毗邻的后山村。几百年来，这里的雷潘两姓和谐相处，这里便是畲汉民族友谊的历史鉴证。

有专家考证，畲族来自广东凤凰山，历经战乱而一路漂泊，南至广东潮州，西到贵州麻江，北抵安徽宁国。这是一次史诗般的壮丽迁徙，故而由潮州到麻江再到宁国的这片弧形地带被民族学家称为"南岭民族走廊"。"畲"的本意是刀耕火种，是一种游耕的经济形态；有些地区也写作"輋"，指其山居形式，明代顾炎武说："粤人以山林中结竹木障覆居息为輋。"其实"輋"指的是这条民族走廊是苗、瑶、畲族共通的经济、生活形态。

福建境内的鹫峰山脉与浙江的洞宫山脉相连组成的广阔地域，成就了浙江海拔最高的"屋脊"。作为浙江内陆开发最晚的地方，山高路远，地广人稀，但对于适应山地生存环境的畲族人来说，他们自景宁入浙江，却打开了一片新天地。

古老的火笼里，炭火正自燃烧。火星不时从火笼里跳出来，落在四周的地面上，仿若璀璨的流星。景宁，曾经是被各朝各代的发展都绕开的山区，漈头则是这大山里的桃花源。岁月流转，古老的戏台成为历史的舞台。如今，"两姓议事"的老故事正在漈头续写新的传奇。

"雷潘两姓议事厅"是畲族和汉族相亲相爱、友好相处的一个见证。自古以来，畲汉两族来往频繁，人们在"墟市"贸易，畲民以山中所得，诸如木材、毛竹、猎物等换取汉地的食盐布匹等生活品。强烈的民族自尊心、对族群和祖先的认同，使得畲族在与汉族的交往中不失其民族性，而汉民族也从未将畲族融合。

千百年来，漈头的历史便是人同大山相敬如宾的发展史、同大山奋勇拼搏的奋斗史。今天的漈头，仍然是浙江最不富裕的地区之一，然而山里的人们怀着梦想，辛勤耕种，发奋努力，他们的梦想正一点点变为现实。

三

1600 余年前，陶渊明借武陵郡渔人之口，记录下他心中的桃花源——"忽逢桃花林，夹岸数百步，中无杂树，芳草鲜美，落英缤纷……阡陌交通，鸡犬相闻"。

今天，景宁，一个叫作桃源的村庄，与陶渊明笔下的桃花源一般，桃花盛开，田间阡陌，鸡犬相闻，静谧安闲，深藏着人们宁静生活的向往和追求。

一地青石，一路桃花，一条深巷，一帘幽梦……桃源村村子不大，巷巷相连，户户相通，全村 112 户、430 人，畲族人口近30%，极具特色。在东坑镇桃源畲族村，成片的古屋在青山绿水的陪衬下，别具风貌，也散发着浓浓的乡愁。

桃源村地处浙西南美丽的飞云江源头，古时此地多桃树，村处源口，故名桃源。在桃源，时光的流逝是缓慢的，岁月的流转仿佛也是缓慢的，然而，四季在这里却分外分明。如水的月色、斑驳的屋瓦、慢慢的日脚、历史的风霜，遮掩不住桃花源透过时光的惊艳。花开花落，草长莺飞。石头精心砌成的古宅，翘角飞檐，雕梁画栋，民居外繁花似锦，它就像一幅淡淡的却色彩分明的民俗风情画。门口的小桥流水，村内的青石小道，当午后的阳光懒洋洋地洒在那些陈旧的屋檐上，这一刻，眼前的山、水和古建筑和谐共存……

在这里，人们常常以为时光是静止的，事实却并不如此。你看，桃源村水果沟葡萄种植基地，皮肤黝黑的畲族汉子雷李青正在林间忙碌。剪枝、浇水、埋土，葡萄树的养护，每一个环节都不放松，每一道程序都精心、精致、精准。

十来年前，水果沟还是一条无人问津的荒山沟，河边是一片长满杂草的滩涂地。2011年，桃源村的汉族人吴学芬当选桃源村党支部书记。上任不到一年，他就自掏腰包，组织村干部和村民代表到处考察。桃源村是一个传统畲族村。过去，村民们在自家的一亩三分地上种稻谷和毛竹，经济效益不高。不少人离乡外出务工，村子一直发展不起来。吴学芬看到了这点，他明白乡村发展，关键是产业振兴。吴学芬忙前忙后，寻找适合桃源村发展的产业。经过一番考察，他把目光瞄向了葡萄种植。

"南方适合种葡萄吗？"

"每亩葡萄林的钢构棚就要2万多元，万一赔钱了怎么办？"

"种葡萄得要技术，一时半会儿学得会吗？"

村民们不懂吴学芬的建议，他们直接把疑问抛给这位书记。

吴学芬急了。他带头投钱，亲自种下几亩葡萄林，还主动借钱给经济困难的村民试种。"赚了钱再还我，亏了算我的。"吴学芬挨个做工作，给大家吃下"定心丸"。

雷李青相信吴学芬，决定跟书记一起赌上一把。

在吴学芬的支持下，雷李青第一次走进省农科院，学习葡萄种植技术——如何选品种，如何管理，如何防治病虫害等。他努力记下这些略显深奥的新知识，细细消化吸收。培训结束后，雷李青一头扎进葡萄林，反复钻研揣摩。

第二年，在全村人都盯着的"试验田"里，葡萄树挂了果。第三年，葡萄园获得了批量收成，吸引不少人前来采摘购买。看着一串串葡萄卖出了好价钱，村民们一下子有了信心。

有了好收成，雷李青对吴学芬的眼光和判断连连赞叹：书记给大家找了致富好路子。甭管畲族还是汉族，老百姓致富有希望了。雷李青也在以往的基础上，继续扩大葡萄园种植面积，还成立了畲族葡萄种植合作社。

葡萄园喜获丰收，吴学芬却退了出来，让其他村民继续经营。2015 年，他又组织党员干部带头种植猕猴桃、梨子、红心李等多种水果。如今，桃源村水果基地面积达到 300 亩。荒山沟成了水果沟，水果沟成了村民们的"聚宝盆"。

随着"五水共治""三改一拆""六边三化三美""美丽乡村"建设等一系列重点工作推进，桃源村环境面貌大为改善，基础设施得到提升。由此，桃源村通过良好的生态环境和地理优势，大力发展水果种植业和水果采摘游，今天的桃源村，已拥有近 100 亩葡萄园、45 亩猕猴桃、30 多亩黄花梨；村里游客量超过 2.5 万人次，乡村旅游也激活了周边民宿经济，村里陆续开出了 12 家农家乐、5 家民宿，旅游年收入近 200 万元。生态优、村庄美、产业特、农民富、集体强、乡风好，一幅幸福和谐的桃源乡村画卷已经铺开。

历史上，频繁迁徙的畲民曾以"山哈"自称，即"山里的客人"。这个自称里，写着道不尽的悲凉。它饱含着畲族人颠沛流离、客居他乡的漂泊感。畲族文化在景宁源远流长，大山深处的畲族人，勤劳勇敢，世代耕田狩猎，保留着淳朴民风；节庆时，他们与神同欢，倒屣迎宾，如酒如火。

而今的"山哈"，早已摆脱了身份认同的尴尬，他们在景宁这片山地中扎下根来，心中是满满的幸福。他们同生活在这里的各族人民一道，戮力同心，用勤劳和智慧建设着属于自己的家园。今天，往昔那片穷山，在"绿水青山就是金山银山"理念的指引下，成了景宁人端在手里的"金饭碗"。据统计，景宁现今总人口约 17.22 万人，其中畲族人口约 1.99 万人，约占 11.5%。

看得见山，望得见水，留得住乡愁……景宁的巍巍群山、悠悠碧水，似乎都在无言地宣誓——"山哈"，不再是山里的客人，他们是大山的主人。

申

彩 云

——云浮新城的故事

云浮，以云而名。

人们说，云浮有着中国最诗意盎然的名字，是中国最诗意盎然的地方。

云浮之名，得自云雾山。宋代《舆地纪胜》一书中有记："云浮山一名泉山，在阳春县北七十里。"当时，云浮郡治、富林县治均设在云浮山下。《大清一统志》载："（云浮山）在东安县西南五十里。极高峻，接肇庆府阳春县界。四时云雾不散，亦名云雾山。"云浮（雾）山山脉，跨阳春、罗定、信宜、高州四地，因山高雾多，峰顶终年云遮雾绕，高峰常在云雾之上露出，景象万千。

云浮，位于广东西部，滨西江而居，东临珠三角、西接桂东南。南广高铁、五条高速公路、西江黄金水道贯通整个城市。云浮，作为粤港澳大湾区通往大西南和东盟地区的节点城市，正在显现出日益重要的战略位置。

一

阳光穿破薄薄的晨雾，落在清晨的大地。

一个青年阔步走在刚刚苏醒的田野上，努力向前。阳光落在他的身后，静谧美丽。

这个青年叫作小桂。小桂家住罗定泗纶镇连城村，他自小命途多舛，前几年父母又因意外相继离世。连续的生活重创让小桂变得自卑自闭，他将自己锁在家里，封闭起来，既不出门也不与外人交流，仅靠在家中帮人包装香烛，获得的低微收入，勉强维生。

小桂日复一日机械地重复着这种简单的生活，心中的苦涩和痛楚无可安置。由于没有相关的疾病鉴定证明，小桂无法办理低保，他一个人就是一个家。没有人知道他是否每天都吃得饱，没有人关心他冬天是否穿得够暖。他的生命里，只有无望的明天。

这一天，小桂封闭的世界终于打开了。云浮开展脱贫攻坚入户调查，扶贫干部想方设法终于敲开小桂家紧闭的大门，扶贫干部发现了这个关门闭户、长期独居，因为缺少阳光照耀，已经明显营养不良的年轻人。

这一年的春天来得格外的早。迎春花开的时候，小桂在扶贫干部的陪伴下，走出家门，第一次来到医院。经过耐心细致的专业心理治疗，医生终于初步打开了他的内心世界，找到了他的病症所在。医生配了一些治疗的药给他，并叮嘱他每周复诊一次。

在复诊过程中,村里的扶贫干部几乎每天都到小桂家,监督他按时服药,帮他打扫卫生,并给他送去牛奶、水果和日常生活用品,鼓励他多走出家门呼吸新鲜空气,坚持每天洗澡、换衣服,保持家居的整洁。"还有很多亲人关心你,他们不是亲人却会胜似亲人。""人生的路很长,只要心中有爱,脚下的路就能走得更远。"听着这样的劝慰,加上正确的心理和药物治疗,小桂的精神状态也有了很大的改善。

人们惊喜地看到,小桂的健康与意志都逐渐恢复,生活也慢慢趋向规律化,与人的交流也逐渐多了起来,对扶贫干部也能敞开心扉,还萌生了想外出打工的想法。随着低保和残保手续的办理完成,在大家的帮助下,小桂以从事力所能及工作的方式,越过脱贫标准线,重新开启生活的大门,拥抱新的人生。

扶贫关键在扶人,乡村振兴关键在人的振兴。云浮,作为广东省最年轻的地级市,尽管经济相对单薄力弱,但自打响脱贫攻坚战以来,云浮市凝聚全社会的合力,上下同心,怀抱"善始善终,善作善成,不获全胜决不收兵"的信心与决心,使全市建档立卡的 44250 户 111274 人全部实现脱贫,人均可支配收入从帮扶前的 3582 元提高到 15850 元;105 个省定贫困村全部出列,村集体经济收入从平均每村 6.18 万元,在帮扶后达到 34.78 万元。

二

在云浮,踽踽独行的不仅仅是小桂。郁南县千官镇均荣村,有一个叫作冯炜豪的孩子,安静而乖巧,因为是先天性重度地中海贫血患者，他不能像正常孩子那样活蹦乱跳。

小炜豪的病，带给这个家的何止是安静？爸爸冯永祥常年在外打零工，妈妈在村里务农，偶尔做点零工。可是，小炜豪需要每个月除铁输血治疗，无底洞般的治疗费和对疾病的恐惧，早已经把这个本就不富裕的家庭掏空了。

医生对小炜豪的父母说，每月除铁输血并非长远之计，建议手术治疗。然而，高昂的手术费像一座大山一样，压得这个捉襟见肘的家庭喘不过气来。小炜豪的妈妈掰着手指计算，家里连骨髓配型检验的费用都拿不出来。

初来乍到的扶贫干部在调查中发现了这个家庭的艰难，决意帮助他们。可是，从哪里筹集费用？毫无疑问，这是一场与生命赛跑的比赛。扶贫干部想到了众筹，众人拾柴火焰高。为了筹集小炜豪的检验费，他们发动帮扶单位郁南供电局动员全局员工伸出援助之手。50、100、150、200……数字渐渐增加，同数字一道增加的是小炜豪一家人对于未来的期许。

医生很快为小炜豪进行了骨髓配型检验。结果显示，小炜豪和他的哥哥小炜金的骨髓完全相吻合，得知这个结果，小炜豪父母的心中燃起了希望之火。但是困难接踵而至，医生告知小炜豪的父亲，继续医治预计要 40 万元。

对于已经被掏空了的家来说，这无异于天文数字。可是，扶贫干部没有气馁，他们意识到，必须向全社会求助，于是他们昼夜不停，联系到深圳慈善会发起网络平台筹款，同时联系本地媒体呼吁救助，在各方社会公益组织的帮助下，很快便筹得手术费。

这一天，小炜豪的手术终于成功完成，为了继续帮助小炜豪完成术后治疗，扶贫干部再次伸出关爱的手，大家想方设法为他筹集到大病救助金。经过了漫长的康复治疗，小炜豪终于回到了久别的家，回到了久违的校园。

"扶贫干部哥哥，我一定要好好念书，把功课补上，将来长大了，做个有用的人。"听到小炜豪的豪言壮语，一直在关注与帮扶孩子的扶贫干部，心中涌起一股暖流。

<h1 style="text-align:center">三</h1>

年近花甲的张桂源摇着蒲扇坐在屋前，夏夜的溽热令他坐立不安，更艰难的是未来的日子。

他简陋的家里只有两样电器：一台布满灰尘的卡式收录机和一部转动起来吱吱作响的旧风扇。每天晚上，从田里回来，打开吱吱哇哇的收录机，再打开吱吱作响的电风扇，就是他全部的奢侈了。

张桂源是新兴县天堂镇南顺村人，今年56岁，妻子老邓患三级精神残疾，他们有一个儿子三个女儿，均在读书。一家生计，全靠张桂源独自支撑，日子难以为继。

这困难的家庭今年却遇到了一件幸运的好事。

这一天，云浮市决战决胜脱贫攻坚"百家社会组织扶百户"活动启动。素来热心慈善和公益事业的云浮市禅宗六祖文化研究会主动请缨，帮扶的对象就是张桂源。会长康就升长期致力于中华优秀传统文化传承，是名副其实的"文化老黄牛"。他邀请几位教育集团的老总一起走访张桂源家，随后又到镇上联系上读初三的张桂源女儿和她的班主任，了解到张桂源女儿喜欢幼师教育，教育集团的老总当即表态，落实她就读幼师中专学校的所有费用，还负责其毕业后安排就业，解决后顾之忧。

张桂源的长兄认为父母过去生活照顾偏袒弟弟，所以90年代父母建的一层楼房里，有两个房子空着也不借给弟弟住。康就升知道这种情况后，一方面主动与村委会干部沟通商量，另一方面又和风细雨地开导张桂源，教导他做人做事先要检讨自己，主动靠近长兄，多沟通、多联系，使兄弟之间的关系改善了很多。

两个月后，南顺村委会干部、驻村第一书记和扶贫志愿者再次上门，大家帮忙收拾干净堂屋，并高挂家训家规内容："孝老爱亲，明礼诚信"。他们还在大门口正门墙上挂起楹联："读书立志方成才，行善积德有余庆"。张桂源也忙乎起来，他将横额贴在门上，看着"崇德兴家"几个字，露出满意的笑容。

心情舒畅了，同帮扶者也越来越熟悉了，不爱说话的张桂源怎怎地说自家耕作5亩水田，光凭自己一人太吃力，如果扶贫组能帮忙买一台耕田机或一头水牛就省事多了。

康就升将张桂源的心愿发布在群里，研究会的会员、参与"百家社会组织扶百户"的志愿者等115人积极捐款2.8万余元，合资购买一头小水牛和一台耕田机。随后，"老黄牛"康就升带着扶贫组成员为水牛和"铁牛"披红戴花，送到张桂源的家。

张桂源好久都没有这么开心了，连多病的妻子也露出了久违的笑容。他们像当年办喜事一样，热热闹闹地将这"三牛"迎进家中。扶贫干部现场示范操作耕田机，指导张桂源如何使用。康就升开心地说："我们的帮扶目前只是开了个头，今后将侧重'输血、扶志、扶智'，真正做到因需而帮、因时而帮、因急而帮，让大家共享中国特色社会主义新时代的发展成果！"

年逾古稀的叶滔才也是脱贫攻坚工程的受益者。前不久，这个罗定市罗镜镇镜西村大屋垌自然村的贫困老人，搬进了改造后的新家。

"以前，房子楼层矮，通风不畅、采光不好，随意挂在屋顶上的拉线电灯摇摇晃晃，人走进去唯一的感觉就是压抑。"叶滔才的老房子被现场考察核定为 D 级危房改造户，通过申请危房改造资金，结合罗定市税务局产业扶贫项目——辣椒种植项目的收益分红到户资金，叶滔才重新修建了老房子。

泥砖变成了红砖、钨丝灯泡变成了 LED 灯管，房间窗明几净，还添置了新电视机⋯⋯这变化来得太突然，叶滔才的眼里泛着泪花。青秧插满田，低头便见水中天。他站在他的新屋前一脸开心地笑着，他甚至从来没想过，自己竟然能住在新建的房子里安度晚年。

事实上，不论是修路搭桥，开展危房改造；还是建设光伏发电项目，开办电商、家政、厨师、机修职业技能培训班，云浮千方百计，以产业扶贫、智力扶贫、金融扶贫、基础设施扶贫、文化扶贫等创新辩证施治模式，努力为贫困户增收开创了一条又一条"造血式"的扶贫道路。

大风起兮云飞扬。云浮，在新时代勇猛飞扬。

这是一块有着丰厚历史积淀的土地。云浮，南越王赵佗曾在这里逐白鹿，筑行宫白鹿台；云浮，是禅宗六祖惠能的出生地和圆寂地，禅文化在这里源远流长；云浮，是明朝抗倭名将陈璘的落籍地，1592 年，陈璘率五百水师将士，从云浮六都乘船出发，走上抗倭援朝前线。在露梁海战中，他率领副将邓子龙和朝鲜水

172

军统制李舜臣联合作战，彻底击溃日军水师，奠定了往后三百余年东亚地区的稳定格局。

云浮，是工人运动领袖邓发、抗日名将蔡廷锴的故乡。在民族灾难深重的旧中国，一批批英雄的云浮儿女挺身而出，抛头颅、洒热血，为民族解放事业和革命事业谱写了一曲曲壮歌。

彩云之下，美好之城。

而今，云浮，更是南粤大地脱贫攻坚、全面小康的热土。

明 珠

——昌都，以水汇合的神奇地方

作为世界屋脊，青藏高原上最不缺的就是山。

距今八千万年的燕山运动晚期，将冈底斯山脉揉搓、折叠、断裂，使之成为青藏高原的一部分。坐落在它南边的喜马拉雅山脉，则比它年轻得多得多，在距今约一万年时，才羞涩地露出海面。

冈底斯山脉向东一路延伸至纳木错，与念青唐古拉山脉隔着拉萨遥遥相望。冈底斯山脉、念青唐古拉山脉——像两个威武的巨人，阻挡住了印度洋暖湿水汽北上，从而豪迈地将青藏高原分隔成藏北、藏南、藏东三个迥然相异的部分。

藏东地区，群山耸立，岭谷栉比，沟壑纵横。

昌都便坐落在藏东这万千大山之中。"昌都"，在藏语里是"水汇合处"，扎曲和昂曲在昌都相汇为澜沧江，昌都因而得名。昌都山脉由北向南，急峻铺陈。三条大江——怒江、澜沧江、金沙江，与三列山脉——伯舒拉岭、他念他翁山、芒康山相间分布，平行骈走，造就了这里雄浑壮美的高原风貌，昌都因此被称为"藏东明珠"。

1950年10月，昌都解放，拉开了西藏解放的序幕。鲜艳的五星红旗第一次在雪域高原冉冉升起。今天，11.86万平方千米的昌都大地上，生活着藏族、汉族、回族、纳西族、白族、蒙古族等36个民族，其中藏族和其他少数民族在总人口中占比超过95%。

一

江达县岗托村旁，滔滔金沙江奔涌向南。

云雾缠绕青山，格桑花竞相开放。漫步乡间，清新的空气和路边果树扑鼻的清香令人沉醉。隔着金沙江远远望去，对岸就是四川省甘孜藏族自治州德格县。

3月28日，西藏百万农奴解放纪念日。每年的这一天在"西藏解放第一村"昌都市江达县岗托镇岗托村，家家户户自发地换上崭新的五星红旗，并高唱国歌，以表达对党的感恩、对祖国的热爱。

1950年10月6日凌晨，住在岗托村山中的小普巴被一阵密集的枪声惊醒。天亮后，他听到大人们都在激动地说："是金珠玛米（藏语，解放军）来了！"

普巴后来才知道，那天，中国人民解放军第十八军强渡金沙江，在岗托村打响了昌都解放的第一枪。战斗结束后，岗托村里升起了五星红旗。

"那个旗红红的，真是好看！"八岁的小普巴心里想。

小小孩童对"金珠玛米"好奇得很，他常常一个人溜到解放军的驻地附近偷看。"小时候，我被凶恶的农奴主欺负怕了，胆子很小，不敢靠近解放军。"普巴说，"后来我试着丢过去几个小石子，他们都冲着我笑。"

渐渐地，解放军的驻地成了小普巴最爱去的地方。在那里，他第一次吃上热乎乎的白米饭，知道了延安、北京，知道了毛主席。此前，他一天只能吃一顿糌粑，饿了，只好喝点凉水充饥。除了吃上白米饭，小普巴还第一次在军营里看了电影。

"解放军不要一头牛羊，还给我们分粮食、修路。谁不说金珠玛米亚木哥（昌都藏语方言，好）！"普巴说，"咱们也和解放军亲如一家！那时候，村里的9条牛皮船都拿出来，支援解放军后续部队渡江。大人们端着酥油茶，欢迎解放军的到来。"

五星红旗照耀下的岗托，人人喜笑颜开。"民主改革后，我们分到了土地、草场和耕牛，翻身做了主人。自从金珠玛米来了，我们的日子越过越好！"普巴高兴地说。普巴见证了当年十八军进藏的历史。新中国成立后，他参加了解放军，并在部队里加入中国共产党，退伍后还当过岗托村村长。

"1959年西藏民主改革前，农奴只是'会说话的工具'；民主改革后，我们全村人都分到了土地，当时我们家有五口人，分到九亩地、三头黄牛，也分到草场。中国共产党带领我们过上了幸福的生活！"78岁的普巴，有着50多年党龄。3月28日这天一大早，他就带着孙子、孙女来到天台，换上新国旗，庆祝西藏百万农奴解放纪念日。

随着川藏公路全线贯通、金沙江大桥建成，国道 317 线在岗托村连通了金沙江两岸，岗托村的区位优势不断凸显。2012 年，在专项资金的扶持下，岗托村实现道路畅通。许多村民瞅准机会，跑物流、开民宿，风风火火干起来，钱袋子越来越鼓。岗托村现有 126 户村民，其中，建档立卡贫困户 33 户；2018 年，这 33 户贫困户全部脱贫。

漫步金沙江畔，一座当年藏汉军民团结战斗的雕像格外引人注目：十八军战士们高举旗帜，吹响号角，一面进军，一面修路；藏族群众牵着牦牛，帮助解放军运送物资……70 多年过去，民族团结的红色基因，早已融入了岗托人的血液中。

"岗托村藏汉党员干部齐心协力传承优良传统，增强基层党组织的服务功能。"岗托村选派第一书记薛伟告诉记者。从参军入伍到扎根基层，这位不到 30 岁的汉族小伙，在西藏一呆就是 10 年。

村民泽旺平措家的房子挨着金沙江，观景视野极佳。得知他想开民宿，薛伟忙前忙后，联系技术人员帮助他设计装修。平日里，不论大事小事，薛伟总是随叫随到，成了藏族群众的贴心人。

今天，在岗托村许多户人家的屋顶上，一面面五星红旗猎猎招展。最令岗托人自豪的，是"西藏解放第一村"的红色名片。

年岁已高的普巴，每个月仍坚持爬上屋顶，换上一面崭新的五星红旗。10 岁的孙子普布次仁和 7 岁的孙女江拥卓玛常常陪着他。

"小时候，金珠玛米告诉我，五星红旗上的星星代表着中国共产党领导下的各民族人民大团结！党的恩情，我们一辈子都不能忘！"两个娃娃簇拥在普巴身边，静静地听爷爷讲过去的故事。那情景，一如 70 多年前那般动人。

江达县更是一直将其作为旅游重点村加以扶持。近几年，昌都对 317 国道沿线旅游发展日益重视，全市约 80% 的旅游项目资金向江达倾斜。其中，岗托村获得 5000 多万元旅游发展资金。

"西藏解放第一村"岗托村，正焕发勃勃生机。

江达县在很长一段时间里没有驾校，着实不方便。

这座被称为"藏东门户"的县城，毗邻四川、青海两省，是沿川藏线 317 国道入藏的第一站。早在 20 世纪 70 年代，许多江达人就开始靠跑运输谋生计。然而，为了拿到驾驶证，江达人一度要翻过海拔超过 4000 米的宗拉夷山，到数百公里外的昌都学开车。

"为什么不在江达办一所驾校？"2014 年，嘎通村村民拉措萌生了这样的想法。说干就干，她拿出自己打工的积蓄，又东挪西借凑足钱，办起了江达县第一所驾校。六七年时间里，这所驾校为江达县各族群众提供了极大便利，2000 多名农牧民在这里拿到了驾驶证。

在驾校的训练场上，身着深红色藏袍的拉措正热情地迎来送往。这位身材高大的康巴女子讲着一口流利的汉语，笑声爽朗，令人如沐春风。

"看着大家开着自己的车子，奔波在自己的致富路上，我很开心！"拉措笑着说。

这几年，在当地政府的支持下，拉措的驾校承办了"精准扶贫驾驶技能培训班"。建档立卡贫困户来学车，所有费用全免。许多贫困户靠着这本驾驶证，找到了工作，摘掉了穷帽子。2017 年，闲不住的拉措又办了一个民族服装加工厂，车间就设在驾校院子的一栋楼里。

"在我这儿工作的，各个民族都有哩！"拉措说。

住在嘎通村的梁震余年近古稀，生活困难。拉措一直牵挂着这位汉族老大哥。几年前，她请梁震余来驾校负责简单的安保工作。看到梁震余的生活有了保障，拉措放下心来。

"藏汉一家亲嘛！不分你我。"拉措说，"梁大哥还给自己起了个藏族名字，叫扎西。大家的关系更近啦！"

西藏自治区民族团结进步模范个人、西藏自治区"最美格桑花"、全国"三八红旗手"、十九大代表……各种荣誉纷至沓来，拉措成了十里八乡有名的创业"能人"。

如今，担任嘎通村党支部书记的拉措，仍是群众眼中热心肠的"好姐姐"。村民们到县里办事不会讲汉语，她跑前跑后，跟着当翻译。疫情期间，她停下服装生产线，组织工人生产了5000多个口罩，到菜市场挨户分发。

"熟悉的汉族朋友叫我'多管局局长'，意思是什么事都爱张罗着管一管！"说到这儿，拉措的笑声格外爽朗愉悦。

二

大树的影子越拉越长，太阳的光芒越来越炙烈。

短暂的春天悄然飘过，夏天以君临天下的气势陡然降临。

大朵大朵的白云将巨大的阴影投落在地上。远处，雪山巍峨耸峙；近处，位于贡觉的阿旺乡牧场已是绿油油的海洋。

远远地，一片片映在绿油油土地上的橘红顶篷格外醒目，数十座现代化羊舍整齐排列，这便是阿旺绵羊繁育基地。基地的墙壁上，写着"扶贫不是养懒汉，致富要靠自己干"之类标语。1400多只绵羊散布在山坡上，啃食着鲜美的青草。它们悠闲地踱着碎步，不时走进白云巨大的阴影里，又不时从阴影中走出来，仿佛是草原上的朵朵白云，飘来，飘去。

绵羊的主人是多贡。年过半百的多贡是阿旺乡金珠村人，远近闻名的绵羊养殖大户。去年，多贡家出栏绵羊100多只，收入达30多万元。

"养绵羊扩繁快、效益高。"多贡说，"绵羊每年都能出栏，今年新生的小羊羔就有500多只。"在他的带动下，村里养羊的人越来越多了。

贡觉县牧民饲养的绵羊被当地人称为"阿旺绵羊"。这种羊是青藏高原的特色畜种，适宜在海拔高、气温低、昼夜温差大、牧草生长期较短、氧气压低等环境地区生存，体型高大，体质结实，具有极强的生存能力，耐粗耐寒。被毛以白色为主，羊的头部、颈部、腹下均为棕色，羊角向后呈大弯曲状，具有皮质好、肉质细嫩、无膻味等优点。

繁衍千百年的阿旺绵羊，是地道的"绿色食品"，不仅深受当地人喜爱，而且名声在全国越来越响，成了带动群众脱贫致富的骨干产业。

阿旺绵羊繁育基地里，汉族小伙吴康生正在忙碌。他从来没想到自己会到离家千里的贡觉养羊。作为厂里的高级养殖技师，他已经在这里工作四年，是地地道道的老师傅了。繁殖基地里，二十座现代化羊舍整齐排列，饲料加工厂、屠宰分割车间、兽医室、肥料发酵车间等配套设施完备齐全。繁育基地现有绵羊3400多只。除了干草和青储，还给绵羊喂精饲料，即由玉米、麦麸、小苏打、酒糟等制成的全价饲料，能缩短育肥周期。

阿旺绵羊繁育基地有十二名汉族员工，来自陕西、四川等内地省市；还有十二名藏族员工，曾经都是当地的建档立卡贫困户，阿夏便是其中之一。

阿夏的父亲好赌。本来就不富裕的家庭，怎么能耐得住他的大肆挥霍？一家人的日子过得十分拮据，很快便成为当地的贫困户，空荡荡的客厅里连把坐的椅子都没有，更别说置办点家电之类。像阿夏这样的家庭在贡觉不是少数，贡觉全县 4.2 万农牧民中，一度有 3072 户、1.7 万余人是建档立卡贫困户。高达 41.79% 的贫困发生率，让贡觉成为雪域高原脱贫攻坚任务最重的地区之一。

四年前，县里干部看到阿夏家的情况，与他父亲商量将辍学在家的阿夏送到这个开办不久的养殖厂里。阿夏刚到繁殖基地那会儿，才 16 岁，连汉语都讲不了几句，更别提养殖技术了。可是，这个腼腆的藏族少年知道，这是个千载难逢的机会。他凭着一股刻苦劲儿，跟着吴康生，愣是从零干起，从零学起。他的进步，大家都看在眼里。阿夏从啥也不会，到一点点积累养殖知识，再到跟着厂里的汉族同事学会了开叉车、使用 B 超仪器给羊做检查，很快就成为阿旺绵羊繁育能手。

2017 年，吃苦耐劳、勤快能干的阿夏被送到天津和呼伦贝尔，进行为期 1 年多的学习培训。人工授精、胚胎移植、信息化管理平台……这些全新的养殖技术和管理方法，让阿夏受到了巨大的冲击。

学成归来的阿夏发现，虽然养羊业也是高寒牧区的经济基础和支柱产业，可是生产方式还十分落后，乡亲们还守着养殖的老规矩、老传统、老技法，进行天然饲养、天然选育。整个绵羊牧业的生产完全是靠天吃饭。他心里明白，这不仅无法实现羊群的快速繁育，也不利于提升羊种品质。

阿夏想将他的所学所得——同期发情、人工授精、两年三胎等繁育新技术——教给牧民同事，可是大家对他的建议都颇为质疑。情急之下，阿夏找到吴康生商量对策。没想到，阿夏的发展思路正中吴康生下怀，他正在为阿旺绵羊繁育发展遭遇瓶颈犯愁。这对师徒一拍即合，下决心在厂里推广新技术。

之后一段时间，吴康生和阿夏成了"铁搭档"，两人几乎形影不离。他们把新技术的要点拆解，条分缕析地讲给每一位藏族饲养员。阿夏还在吴康生身旁当起了翻译，随时给大伙答疑解惑。

藏汉群众合力养壮的阿旺绵羊，为贡觉驮来了致富金钥匙。有了吴康生和阿夏的示范，厂里迅速兴起一股业务探讨的热潮。不少藏族员工主动找到汉族员工，结成"对子"，互相交流学习。

不到一年时间，新的繁育技术在厂里落地生根，养殖厂的扩繁工作顺利开展起来。看着羊群一天天壮大，藏族饲养员纷纷对吴康生和阿夏竖起大拇指。现在，繁育基地的工作更忙了。阿夏还升了官，当上了养殖厂的副厂长。曾经的毛头小子，肩上担起了更大的责任。

为打造阿旺绵羊品牌，贡觉引进先进养殖技术，建立"公司＋基地＋合作社＋农户"的运营模式，贡觉县已培育养殖示范大户165户，推动阿旺绵羊产业体系向专业化、产业化转变，带动农牧民增收。为有意愿长期养殖阿旺绵羊的建档立卡贫困户扶持性发放20只至50只绵羊，饲养一两年就可出栏。2019年，繁育基地花费228万元，从6个乡（镇）的800多户群众家里收购了2400多只羊，户均增收2850元，其中大多数为贫困户。繁育基地还吸纳附近易地扶贫搬迁安置点的 10 名贫困群众稳定就业，每人平均月收入有 2300 多元。除了养羊，当地群众种饲草也有收入，其中种子由政府免费提供。2019 年，繁育基地从群众手中收购了 200 吨饲草，花费 84 万元，群众户均收入达 2600 元。

阿旺绵羊的名气越来越大了，来自青海、甘肃、四川等地的订单络绎不绝。阿旺绵羊养殖产业越做越大，为当地群众长期增收致富提供了有力支撑。据了解，2013 年贡觉县群众散养阿旺绵羊只有 1.2 万只，现在全县阿旺绵羊存栏量达 4.2 万只，到 2025 年全县阿旺绵羊存栏量预计将达到 13 万只。

三

滚滚长江东逝水，浪花淘尽英雄。

长江孕育了无数的中华儿女，造就了无数的光辉业绩。近年来，在长江上游金沙江上有一批电站，彻底改变了沿江百姓的生活，这就是金沙江上游川藏段梯级电站。

藏东高原上的阳光依旧炽烈，滚滚江水泛着点点银光。叶巴滩、拉哇、巴塘、苏洼龙四个电站如同金链上串起的一颗颗珍珠，闪耀在高山峡谷间。工地上，机器轰鸣，声音震耳欲聋，上万名施工人员紧张忙碌，上千辆各型施工机具穿梭往来，工地一派热火朝天的忙碌景象。

金沙江上游川藏段是目前国内在建规模最大的流域水电项目，是"十三五"中央支持西藏经济社会发展重大项目，4 个大型电站共 619 万千瓦同步开工建设，开发节奏之快业内罕见，为基地式、规模化开发清洁能源奠定了基础。

2021 年年初，西藏首个装机超百万千瓦级水电站——苏洼龙水电站成功下闸蓄水，让高峡出平湖成为现实，该电站年内将具备投产发电条件。在金沙江上游川藏段装机容量最大的叶巴滩水电站，数百米高的坝肩边坡已削下了一大半，地下厂房施工也在紧锣密鼓地展开。在将要建设世界最高面板堆石坝的拉哇水电站，上游围堰地基处理振冲碎石桩工程，这一世界最深的振冲碎石桩工程已完工，数十公里长的迷宫般的地下交通洞室逐步成型。

"国家建的这个大项目，给了孩子一条好出路！"说这话的，是住在附近的藏族大姐次仁拉姆。那时，她刚收到女儿昂旺卓玛寄来的工资。次仁拉姆心里欢喜得很，脸上的笑藏不住。

金沙江自雪域高原蜿蜒而下，在深山峡谷中穿行。千百年来，经济发展落后、贫困发生率高、信息闭塞一直都是这里的真实写照。随着电站的开工建设，当地群众发现，他们的生产生活条件在不知不觉中发生了巨变。

次仁拉姆便是其中之一。

年过半百的次仁拉姆，曾是芒康县索多西乡的建档立卡贫困户。过去，她靠四处打零工独自拉扯着两个孩子，日子苦不堪言。日子苦，也连带着让孩子跟着受苦。次仁拉姆的大女儿昂旺卓玛在学校成绩不错，但因生病没能参加高考，一家人愁坏了。

值此之时，中国华电伸出了援手。2018 年，昂旺卓玛经过资格审定和层层选拔，考上了中国华电助力藏族聚居区脱贫攻坚"三定培养"班。这个项目主要面向川藏两省（区）中国华电金沙江上游水电项目所在地建档立卡贫困家庭的适龄青年，进行"定向招生、定向培养和定向安置"。

"学费全免，还分配工作，总算可以放心啦！"得知女儿是索多西乡仅有的 8 名学员之一，次仁拉姆很骄傲。

在两年的时间里，昂旺卓玛系统学习了水电站运行及管理的专业知识。培训结束后，她被安排到中国华电在四川的一家运行水电站实习。2021 年苏洼龙水电站全面建成投产后，昂旺卓玛回到苏洼龙工作，不仅离家近，工资还翻了一番。

苏洼龙水电站投产发电的日子，也是次仁拉姆一家的团圆日。

而对索多西乡安麦西村的格松曲珍来说，苏洼龙水电站就是她的家。

2017 年，24 岁的格松曲珍入职苏洼龙水电站物业公司，在员工餐厅做了一名服务员。很快，这个热情开朗的藏族姑娘被提拔为餐厅领班，一年下来能有 4 万多元收入。

"我还在这里组建了自己的家庭。"格松曲珍羞涩地笑了。2019 年，格松曲珍和来自兰州的汉族小伙杨鑫善喜结连理。杨鑫善是苏洼龙水电站的一名现场监理。小夫妻携手奋斗，谱写了藏汉团结的佳话。

中国华电对藏族群众的援助不仅仅于此。华电金上公司结合电站建设投资 45 亿元修建的 258 公里交通公路陆续通车，沿江交通条件不断改善。在苏洼龙水电站建设中，建成西索通乡公路 47 公里，新建跨江大桥 1 座，提高标准复建跨江大桥 3 座，彻底结束了芒康县索多西乡和竹巴龙乡的 6 个村委会、13 个村民小组不通公路的历史。对于祖祖辈辈生活在这里的群众而言，骑马、步行这些原始的出行方式将彻底改变，滚滚金沙江，不再是难以逾越的天险。

路通了，致富的路子也多了。自从平坦的公路通到家门口，

185

村民在家里养点牛羊、挖点松茸，拿到巴塘去卖就方便得多了，每年可以多赚几万块钱。

电站建设数百亿元的投资，也给当地群众带来了巨大的就业机会，让当地运输、建筑和服务业蓬勃发展。近年来，当地群众通过参与工程运输和辅助工程建设就致富增收 3.3 亿元。苏洼龙水电站开工建设 5 年来，光是务工创收这一项，当地群众每年就可增收 1700 万元左右。在芒康县索多西乡 2142 名群众看来，他们能够顺利脱贫摘帽，主要得益于电站的建设。

金沙江上游川藏段梯级电站的征地补偿和后期扶持措施，更是让电站移民尝到了甜头。

索多西乡安麦西村的建档立卡贫困户斯朗吉村，在苏洼龙水电站实施生产安置时，选择了按照当地耕地亩产值逐年进行货币补偿。在华电金上公司的帮扶下，他与 371 户村民一道，养上了优质奶牛。现在，斯朗吉村每年拿着补偿，卖牛奶和酥油还能收入 7000 多元，日子越来越好了。

金上公司还结合项目建设，面向建档立卡贫困户开展的"三定培养"，更是让当地的贫寒学子受益良多。

对索多西乡的昂旺卓玛而言，能够有机会走出大山，接受更好的教育，获得更多就业机会，带动家庭走出贫困，是她最大的梦想。2020 年 8 月，昂旺卓玛和其他 44 名同学一道通过"三定培养"，顺利毕业进入华电所属电站工作。从极度贫困人员到收入稳定的央企员工，他们在家门口就实现了高质量的就业，命运也发生了翻天覆地的变化。"感谢党和国家的扶贫政策，感谢中国华电帮我们圆了心中的梦，帮助我们开阔了眼界、收获了知识，更改变了命运。"每每谈及，昔日"三定培养"班的同学感激之情溢于言表。

如今，随着金沙江上游清洁能源基地的全面推进，金上公司又投入了助力乡村振兴的新战场，当地群众致富奔小康的步子越迈越大，正在迎来更加美好的新生活。

昌都，自古便是个神奇的地方。

古代时候，昌都被称为"康""客木"，以别于卫、藏、阿里等地区（卫藏四茹、阿里三围、多康六岗）。昌都历史悠久，是藏族史诗《格萨尔王》中《浆巴》所记述的格萨尔与炯巴人为争夺食盐而发生交战的地区。这里还是茶马古道重镇，康巴文化产生的沃土，也是今日川藏、滇藏公路的必经之地。

昌都，与新中国血脉相连。这里，是西藏第一面五星红旗升起的地方，是西藏第一所现代化学校办起的地方……西藏的很多"第一"，都可以在昌都找到。

"全面建成小康社会，一个民族都不能少。"习近平总书记的话饱含对少数民族贫困群众的深深牵挂。昌都山高谷深路险，贫困发生率一度居高不下。在中央的号召下，近年来，昌都各族干部群众携手奋斗，投入到脱贫攻坚的时代热潮中。2019年底，昌都实现全部县区脱贫摘帽。

"藏东明珠"，当之无愧。

戌

腾 飞

——风起八闽大地

　　这里，是东海与南海的交通要冲。

　　这里，是海上丝绸之路的起点之一。萌芽于商周、发展于春秋战国、形成于秦汉的海上丝绸之路，在隋唐以后，渐次取代陆路丝绸之路而成为中外贸易交流的主通道。两千多年来，海上丝绸之路，不仅是中国与外国贸易往来和文化交流的海上大通道，而且是推动沿线各国和地区共同发展的重要桥梁。

　　六百年前，郑和带领使团从南京出发，在这里的太平港驻泊伺风开洋。使团七下西洋，远航西太平洋和印度洋，拜访了包括爪哇、苏门答腊、苏禄、彭亨、真腊、古里、暹罗、榜葛剌、阿丹、天方、左法尔、忽鲁谟斯、木骨都束等在内的三十多个国家和地区，最远抵达东非、红海。

1985 年 6 月到 2002 年 10 月，习近平同志在福建工作 17 年多，先后在厦门市、宁德地区、福州市和福建省委、省政府多个重要岗位上担任领导职务。

在福建省委和省政府工作期间，习近平同志提出"生态福建"建设，亲自推进集体林权制度改革，推动长汀水土流失治理；提出并实施"数字福建"建设，抢占信息化战略制高点；六年七下晋江，调研总结"晋江经验"，推动县域经济持续健康发展；推动省级机关效能建设，教育党员、干部牢记政府前面的"人民"两个字，在全国率先推进服务型政府建设，在全省推行县级政务公开；强调把人民健康放在首位，推动以"餐桌污染"治理为抓手建立从田头到餐桌的全程监管体系；坚决贯彻党中央决策部署，积极推动闽台直航，扩大闽台各项交流，使两岸经济人文交往发生重大积极变化。这些工作具有前瞻性和创造性，生动反映了习近平同志对党中央精神的深刻理解和对福建省情的科学把握，有力推动八闽大地改革发展领风气之先、走在时代前列。

一

白云山下坦洋乡，小武夷名不妄扬。

这句诗说的便是坦洋工夫茶发源地——坦洋村。

春分时节，阳光柔暖，梅薰柳染，草长莺飞。从惊蛰的"桃始华，仓庚鸣"，到春分的"一候玄鸟至，二候雷乃发声，三候始电"，大自然逐渐结束"默片"时代，变得有声有色。

189

坦洋开始了一年的忙碌。家家户户忙着采茶，大大小小的茶企忙着调试设备、梳理订单，每个人都在为即将到来的加工旺季做准备。

村前清流如练，村后桂树飘香，隔岸松杉苍翠，远近茶园碧绿，这便是坦洋。坦洋位于福安市社口镇西部，白云山东麓，山清水秀，景色宜人。整个村子形如长块木板，故又称"板洋"。

坦洋村民世代与茶相伴，以茶为生。相传清咸丰、同治年间，坦洋茶商胡福四、施光凌试制红茶成功，产品远销西欧，茶商接踵而来并设洋行，坦洋工夫茶名声大噪。1915年，坦洋工夫茶获得巴拿马太平洋万国博览会金奖。

"青山不老，绿水长流，喝过坦洋工夫茶，人走情常在。"1990年5月，时任宁德地委书记的习近平即将赴任福州，专门到福安市社口乡坦洋村与乡亲们告别。这些话像一杯热茶，温暖着坦洋村民的心。

改革开放初期的坦洋，全村满打满算只有500多亩茶场，只有福云6号等几个品种，农民年人均收入不足500元，很多耕耘多年的"祖宗山""宗祠山"却无法开垦，茶叶产业几乎是零，何谈发展。

以坦洋工夫红茶闻名的坦洋村，是习近平总书记当年在闽东工作时的党建工作联系点。1988年秋天，习近平担任宁德地委书记不久，就来到村里调研。村里的人还记得，那天，习近平穿着深蓝色短袖，裤子上还有补丁，脸上始终挂着微笑。就是在简陋的村子里，他同大家围坐在一起，开起了座谈会。他明确地说，坦洋要大力发展特色茶产业，党员干部要发挥示范带头作用。要想脱贫致富，必须有个好支部；党组织要真正能站到"前台"，真正能居于"第一线"。农村党组织，可是脱贫第一线的核心力量。经济搞上去了，党员的理想信念、先锋模范作用，都只能强化，不能削弱。

1988 年到 1990 年，习近平先后四次来到坦洋。他提出："闽东学'三洋'（福安社口镇坦洋村、福鼎叠石乡竹洋村、古田鹤塘镇西洋村），"要求"坦洋要当领头羊"。他明确地提出，坦洋发展好了，就要走出去，要与困难村结成对子，开展帮扶。

三十多年来，坦洋始终牢记嘱托、感恩奋进，将坦洋工夫茶这块金字招牌打磨得越来越闪亮，产业越来越兴旺。茶产业振兴，"抓党建"成了坦洋村制胜法宝。通过党员干部带头，村民思想转变，生产要素激活，让坦洋工夫茶再度红了起来，茶山绿了，茶农富了，村里出现了"万元户"。坦洋还充分利用独特自然生态资源和人文历史资源优势，将"村、人、茶、文、旅"五位一体有机结合，努力走出一条具有闽东特色的乡村振兴之路。

"茶叶品质是茶产业的生命线，是产业化的核心问题。为此，坦洋村把提升茶叶品质，推动茶产业向无公害、绿色方向发展作为主攻方向，借助省茶科所设在社口镇的优势，引进了金观音、金牡丹、黄观音、丹桂、黄旦等优良品种，发展生态茶园 4100 多亩，有效改良了茶叶品种结构。"社口镇镇长陈惠明介绍。

2007 年，坦洋工夫茶成功注册国家地理标志产品，还在坦洋村成立了宁德市首家茶叶合作社，采用"龙头企业 + 支部 + 合作社 + 农户"模式，统一技术指导、统一使用化肥、统一鲜叶收购、统一生产加工、统一组织销售。

"质量 + 品牌"让坦洋重返世界舞台。2009 年，俄罗斯红茶采购团访问坦洋村，并签订了 60 万美元订单，成为数十年来坦洋工夫茶重返国际市场的第一笔大订单。

为了更好地推广市场，适应新需求，坦洋还依托福安市茶业局在坦洋村开办的非遗技艺培训班，对一百多名茶农和茶企工人进行培训，并每年组织茶农与茶企参加坦洋工夫茶斗茶赛；通过创新工艺，该村红茶品种从单一的菜茶发展到现今有十几个"三香型"品种。坦洋还通过品牌建设、技术优化、互联网营销等手段，不断提高坦洋工夫茶附加值。

今天的坦洋处处飘满茶香。坦洋村茶文化主题公园里，八大制茶工序演绎着古老的茶艺；老字号茶行一条街，呈现着坦洋工夫茶传统"茶季到、千家闹"的胜景。创新是推动茶产业提档升级的核心动力。福安农垦集团与福建联通共同搭建的全国5G农业智慧茶园示范区已落户坦洋村，5G、物联网、区块链、云服务等智慧农业技术被逐步运用于当地茶园。

绿色茶山，富了坦洋。截至2020年底，坦洋村民人均可支配收入达21500元，村级集体经济收入达52万元。

二

酷夏热烈的阳光里，咸鲜的海风一阵又一阵吹过来。

这是福建沿海渔民一年里最忙的季节。福安市溪尾镇溪坯村里，面容黝黑的生蚝养殖户刘德仁正忙着在半咸半淡的内湾浅滩外，放苗、粘蚝、吊养。十多名工人跟在他的身后，听从他的指挥统一操作。刘德仁满怀期待地说，两年后，这一批蚝苗就会长大。其实，北方市场的生蚝很多就来自于他们的养殖基地。

千百年来，福建沿海生活着一个特殊的困难群体——"连家船民"。他们没有地没有田没有屋没有家，这一艘艘风雨中飘摇的小船就是他们的家，他们终日漂泊，生活在海上。

　　刘德仁，正是其中一位。

　　"一条破船挂破网，祖孙三代挤一舱；捕来鱼虾换糠菜，上漏下漏度时光。"居无定所、老无所依、无学可上、有病难医，这就是当时无数个刘德仁一样的连家船民悲惨生活的真实写照。

　　同当地的许许多多连家船民一样，刘德仁生于海上，长于海上。三十五岁以前的刘德仁很少上岸。正是在一条十来平方米的竹篷渔船里，刘德仁同父亲母亲、七个兄弟姐妹一家十口人生活了整整三十五年，度过了他的幼年、童年、少年、青年和壮年。逼仄的空间，狭窄的船体，艰难的生活——刘德仁曾经以为这就是他全部的生活。

　　那时候，他只能以船为家，家里也没有什么家当。除了生病去医院和上学读书，刘德仁一家几乎都待在船上。刘德仁上小学时，还没有一双鞋，没有一件像样的衣服。每天，他赤着脚离开竹篷渔船的"家"，穿过莫测的滩涂，走一个小时的路才能到达村里的小学。那时候，刘德仁个子小，常年的饥饿让他长得很瘦，小小的刘德仁最怕台风，害怕船上的东西被台风吹走，害怕船上的家人也被台风吹走。

　　曾经，福建闽东沿海的连家船民，世代以小木船为家，居无定所。1997 年，福建省政协提供了一份调查报告，反映闽东不少村民仍住在茅草屋里，生存状态很差。这份报告深深触动了时任福建省委副书记的习近平。

　　当年 6 月，习近平同志带队到闽东山区、沿海进行专题调研，组织撰写了《关于闽东农村扶贫开发与小康建设情况的报告》，除了反映"茅草屋"问题，还指出应尽快解决"连家船"问题。省里对此十分重视，出台一系列政策，帮助他们解决搬迁、就业等问题。

1998 年 12 月，习近平在福建宁德福安主持召开连家船民上岸定居现场会，他说："没有连家船民的小康，就没有全省的小康。"他明确提出，"要让所有的连家船民都能跟上全省脱贫致富奔小康的步伐，实实在在地过上幸福生活。"

正是从这个时候开始，福建省推进"连家船民"上岸工程。1998 年，刘德仁一家人终于上了岸，他们的生活安稳下来。但是上岸不是目的，要让他们适应上岸后的生活，"搬上来，住下来，富起来"，告别风雨飘摇的日子。船民们没有自己的土地，当地政府填滩造地，许多村落从无到有。船民们没有自己的家，政府按照一户一宅六十平方米无偿提供农村集体建设用地，并提供建房补助三千元——这在当时是个不小的数字。

为了帮助船民实现安居乐业，福安市结合下岐村等安居点实际情况，专门制定 22 条优惠政策，引导船民大力发展养殖业、海上捕捞业、海上运输业、商贸旅游业等，推动船民脱贫致富。各级各部门为连家船民解决教育、生产、生活等帮扶资金，为上岸船民提供小额信贷资金用于发展生产。

一系列惠民政策持续至今，连家船民们的日子越过越红火。今天，福州、宁德、莆田、泉州、漳州等地的数万"连家船民"早已告别了风雨飘摇的生活，开启从"住下来"到"富起来"的新生活。伫立海岸，回首远望，一排排楼房沿山坡而列，背山向阳、视野绝佳。眼前这安居乐业的景象，让人很难想象，二十几年前，闽东地区的连家船民还过着海上漂泊、以舟为家的苦日子。

船民们依然靠海吃海，但生活方式已经同以往全然不同。部分船民没有在岸上讨生活的本领，政府引导他们向"牧海耕田"转变。现在，像刘德仁一样靠养生蚝、海蛎、海带，摆脱极端困苦、逐渐走向小康，已是闽东渔民的整体生活方式。

他想要扩大生产，苦于没有启动资金，金融机构提供的"渔排贷"等特色低息贷款解了难题。刘德仁贷款 20 多万元，建起 2000 多平方米的生蚝养殖场所，目前年利润超过 10 万元。

近年来，宁德市还积极推动以人才带动技术进村，致力于造就一批有文化、懂技术、会经营的现代新型渔民。

三

地处寿宁县西部的下党乡，在闽浙交界地带，曾经是宁德四个省定特困乡之一。

20 世纪 80 年代，从宁德到寿宁县城，坐车要一天才能到达，而下党是寿宁最边远的山乡，距离县城还有 45 公里。那时的下党仅靠峭壁岩石上一条荆棘丛生的羊肠小道与外界连接。没有公路，村民进进出出都要爬山，挑公粮到隔壁乡镇，来回要一天半的时间。没有公路，小贩们不敢挑液体物品进山，怕摔倒打碎了血本无归，所以村里七成的人没有尝过醋，一半人没吃过酱油……下党人就这样守着难以逾越的大山，也守着无法摆脱的贫困。

1988 年下党建乡时，是省级特定贫困乡，也是全省唯一无公路、无自来水、无电灯照明、无财政收入、无政府办公场所的"五无乡镇",外乡人把下党称为"寿宁的西伯利亚",所在地通往四处毗邻乡镇,都得翻山越岭步行十多公里,买卖东西只能靠肩挑背驮。那时候,因为没有路,村民们最怕三件事:一怕生病,二怕挑化肥,三怕养大猪。

在福建工作期间,习近平曾经九到寿宁,三进下党,帮助乡亲们解决发展难题。而今,经过三十多年的奋斗,曾经的特困乡发展成为今天美丽富裕的乡村。

现在,这个依山而建、面朝溪水的小山村,让许多网络达人、游客都慕名而来,并将自己的游览经历制作成视频放在网上。在抖音,拥有超过488万粉丝的优质视频创作者"汪梦云"专门到下党打卡,推荐下党。

三十多年前,下党是一方水土养不活一方人,当地百姓总结为:山高石头多,出门就爬坡,地无三尺平,光棍五保多。如今的下党有56家民宿,一直到半夜,游客依然可以吃到小点心。

曾经"五无"的下党,如今有5条进乡公路,催生了一批民宿、农家乐和各种旅游业态。下党新开发的16栋民宿已全部投入使用,下党画苑、乌金陶传习所、党员驿站、凰三公茶餐厅等旅游景点成为游客的打卡点。

2019年8月4日,习近平总书记给宁德下党乡亲们回信,肯定下党的脱贫经验和成果,并勉励下党乡亲:继续发扬滴水穿石的精神,坚定信心、埋头苦干、久久为功,持续巩固脱贫成果,积极建设美好家园,努力走出一条具有闽东特色的乡村振兴之路。

2020年,下党乡"滴水穿石"主题公园、社会主义核心价值观主题公园、露天艺术广场、修竹溪安全生态水系等27个民生项目相继投入使用,为实施思想铸魂工程创设了有形无形相贯通、线上线下相叠加的传播网络。

2021 年 2 月 25 日，全国脱贫攻坚总结表彰大会在北京举行，下党乡荣获全国脱贫攻坚楷模荣誉称号。

6 月 28 日，下党乡党委荣获"全国先进基层党组织"称号。

7 月 6 日，中国共产党与世界政党领导人峰会以视频连线方式举行，下党乡成为五个分会场之一。

走在如今的下党乡，一湾清水绕山乡，各个景点游人如织，络绎不绝。曾经"车岭车上天、九岭爬九年"的特困乡下党，从建乡之初的人均纯收入不到 200 元，到 2020 年全乡人均可支配收入达到 17289 元，跟建乡之初比翻了八十几倍，为乡村振兴提供了"下党方案"，做出了"下党榜样"。

三十多年山乡巨变的背后，是下党乡干部群众牢记习近平总书记"靠山吃山唱好山歌"的重要嘱托，发扬"弱鸟先飞""滴水穿石"精神，立足实际、抢抓机遇、开拓创新，探索出了"生态立乡、旅游强乡、兴农富民"的可持续发展之路。

八闽大地，西北高，东南低，呈"依山傍海"态势，境内山地、丘陵面积约占全省总面积的 90%；地跨闽江、晋江、九龙江、汀江四大水系，属亚热带海洋性季风气候。

基础设施的改观，"五通"工程的基本完成，彻底打破了长期以来制约老区发展的瓶颈。目前已建成或正在建设的温福、赣龙、龙厦、向莆等一条条铁路，促进了老区经济的腾飞。"两纵三横"高速公路缩短了老区与外界的距离。生产生活环境的改善，老区人民观念的改变，促进老区走出了一条条致富路。古田的食用菌业、福安的机电业、上杭的建筑业等，形成了极具地方特色的经济形态，全省老区呈现出"一县一业，一乡一品"的产业特色。

走过攻城拔寨、充满艰辛的非凡历程，如今八闽大地，拥有全省 45% 人口的红土地，这些福建全省曾经最为贫穷的区域，已经逐渐接近全省平均水平。据统计，龙岩、三明、南平、宁德 4 个重点老区市，2020 年地方生产总值比 1978 年增长了近 300 倍。

脱贫攻坚战打响以来，福建组织 11.17 万名党员干部挂钩帮扶贫困户，做到每个贫困户都有一名党员干部挂钩帮扶。2004 年以来，选派 5 批优秀年轻干部担任驻村第一书记，每批 3 年。他们坚守干事创业、攻坚克难的初心和使命，和群众心在一起、干在一起，立誓战贫困、斩穷根。

如今的坦洋村，绿色茶山，富了一方。

如今的宁德，早不是当初的"弱鸟"，连家船民上了岸，高楼林立、村美民富、产业兴旺。宁德市还积极推动以人才带动技术进村，致力于造就一批有文化、懂技术、会经营的现代新型渔民。

如今的福建，现行标准下农村建档立卡贫困人口全部脱贫，站在了新生活、新奋斗的起点。老区山区的人民，正在努力绘就乡村振兴的壮美画卷，朝着共同富裕的目标稳步前行。

天地不言，山河为证。

天 眼

——黔南少年追梦记

东经 106° 40' ~ 107° 26'，北纬 25° 29' ~ 26° 06'。

横断山、武陵山、乌蒙山、苗岭簇拥着云贵高原，从东北向西南，一路纵横变化而成平缓多姿的两广丘陵，峻峭的山峰时而直插云霄时而跌落谷底，最终幻化为浩浩荡荡的十万大山、云开大山、大瑶山、云雾山、九连山和莲花山。

云贵高原向两广丘陵过渡的斜坡地带，有一个神奇的地方——平塘。

打开卫星地图，贵州平塘的地貌好似布满褶皱的大象皮肤。放大了看，才看清"漏斗"状的天坑群。天坑中有一个叫大窝凼，就是科学家寻觅十载为"中国天眼"找到的"家"。

在这里，居住着布依族、苗族、毛南族等 24 个民族，其中少数民族占 59%。这里不仅是"中国天眼"的所在地，更有全国唯一的毛南族乡——卡蒲毛南族乡。

刚刚过去的 2021 年底，中国媒体公布年度国际十大科技新闻，其中之一便是："中国天眼"正式对全球科学界开放。

与此同时，中国科学院发来喜报——依托"中国天眼"FAST，中国取得一批重要科研成果：持续发现毫秒脉冲星；FAST 中性氢谱线测量星际磁场取得重大进展；获得迄今最大快速射电暴爆发事件样本；首次揭示快速射电暴爆发率的完整能谱及其双峰结构；基于超高灵敏度的明显优势，FAST 已成为中低频射电天文领域的观天利器，未来将产出更多深化人类对宇宙认知的科学成果。

2022 年 1 月 6 日，"中国天眼"因中性氢谱线测量星际磁场取得的重大进展，登上 Nature 封面。3 月 19 日，"中国天眼"通过 Science 发布，观测并计算出宇宙极端爆炸的起源证据。此前，对于宇宙深处的"神秘信号"的起源，科学家们曾有很多理论推测，却从未得到过认证。

故事，要从十年前说起。

2011 年春天，贵州南部的一个偏远小镇，群山环绕的天然喀斯特洼坑里，迎来了世界最大单口径、最灵敏的射电望远镜的破土动工。

后来在此建成的 500 米口径球面射电望远镜（FAST），就是举世闻名的"中国天眼"。

这个偏远的地方，便是黔南布依族苗族自治州平塘县克度镇金科村。

因为世界最大的单口径射电望远镜"中国天眼"落户这里，中科院国家天文台建议，将中国人发现的一颗小行星命名为"平塘星"，获得国际小行星命名委员会的认可。

2013年5月23日，天上多了一颗"平塘星"。

科学家为"中国天眼"设定了很多目标，比如：

——巡视宇宙中的中性氢，研究宇宙大尺度物理学，以探索宇宙起源和演化；

——观测脉冲星，研究极端状态下的物质结构与物理规律；

——主导国际低频甚长基线干涉测量网，获得天体超精细结构；

——探测星际分子，研究恒星形成与演化、星系核心黑洞一级探索太空生命起源；

——搜索可能的星际通讯信号，搜寻外星文明。

可是，科学家们未曾料见，伴随着"中国天眼"的问世，更大的社会变革汹涌而至——平塘，一个国家级贫困县，因为"中国天眼"的到来，一跃成为全国乃至全世界知名的"天文之城"。这扑面而来的一切，让这个小城沸腾了。"天文之城"，驶入了高速发展的快车道。

平塘位于山高林密的黔南地区，有近60%的少数民族，以布依族和苗族居多。这里的很多老百姓一辈子没走出过大山。

早在1995年，平塘接待射电天文国际学术会议考察活动，其时县城街头就曾拉起欢迎各国专家的横幅，还不懂什么是"天眼"、什么是FAST的平塘人对外面的世界充满了渴望。当时，县城里还流传一个煞有介事的笑话：平塘，就是"平躺"，意思是平塘得天独厚的地貌帮助"天眼"安逸地"躺平"观星。

"中国天眼"落户平塘，平塘人为之自豪，更是为之振奋！

简单朴素的生活里，身边突然多了一个可以和宇宙对话的"中国天眼"，人们的天地一下子就被打开了，浩瀚的世界扑面而来。

最直接的变化是——路变得更宽了，楼起得更高了，新房子更大了，生活变得更丰富了，人们聊的话题更深刻了，小镇发展的机会更多了……这些都是能够看得见的。还有很多看不见却更为深远的变化，人们看自己的眼光不一样了，看世界的眼光更不一样了。

大人们还在不知不觉地观察，孩子们已在翻天覆地地改变。"中国天眼"是大人们人生中的一个重要时间刻度，对孩子们来说，却已成为他们生活中的全部。

——比如刘章韬。

刘章韬遥望"中国天眼"，心中充满渴望。他已经记不得多少次这样遥望了，他知道，他的梦想就在那里。

远处，巨大的"中国天眼"像一个巨大的外星飞行器，一切都大得夸张，大得不可思议。巨大的镜面上有许多小方块，巨大的天线上也有许多小方块，它们拼接在一起，像一个倒扣的穹庐，在阳光下熠熠生辉。

那是一种绝美的恢宏与壮丽。渐渐地，"中国天眼"仿佛一颗巨大的种子，里面生长出刘章韬的太空梦。

2011年"中国天眼"落户平塘时，刘章韬还是克度镇一个土生土长的布依族少年，那时候，他正上小学五年级。一天，刘章韬走进学校，发现围墙上多了一幅宣传画，画上，是白漆刷出来的一排大字："500米口径射电望远镜选址克度镇。"

刘章韬盯着这排大字，一个一个念过去：500，米，口径，射，电，望远镜，选址，克度镇……墙上的字刚劲有力，刘章韬的大脑却一片空白，每个字都很熟悉，可是。500米口径是什么？射电望远镜又是什么概念？选址克度镇意味着什么？刚上五年级的刘章韬只有十岁，他对这排大字里的一切都懵懵懂懂，对于这些深奥的概念，更是无从得知，无法理解。他到处打听，可是，没人说得明白。

那天，隔壁教室一年级的学生正在上语文课。他们齐声朗读课文《奇妙的"眼睛"》："天文学家的眼睛是望远镜，医生的眼睛是显微镜，海军战士的眼睛是潜望镜……"稚气的声音飘荡在空中。突然，一群陌生人走进学校，听着稚气的童音朗声大笑。

后来，大家都知道了，这群人就是来筹建"中国天眼"的科学家。十多年后，这群坚韧不拔的科学家真的建成了"中国天眼"，地球上多了一只最深邃的"眼睛"。

"中国天眼"，让藏在大山里的平塘县克度镇一夜扬名。

两年后，他上了初中，在老师的引导下，渐渐懂得了"中国天眼"——

"中国天眼"的建造，始于20世纪90年代一个神奇而大胆的梦想。1993年，国际无线电科学联合会（URSI）大会在日本京都举办，来自10个国家的天文学家经过研讨，形成了一个共识，即建造接收面积达一平方公里的大射电望远镜阵，以深入研究宇宙起源、微波背景辐射、红移等问题，使人类对浩瀚宇宙及其奥秘有更多了解。

这个计划体现了科学家的想象力，但是却具有很大的风险，是个投资巨大、技术复杂、没有广泛国际合作难以实现的大科学工程。

中国天文学家吴盛殷参加了这次会议。他回国后，便与南仁东等商议在中国建造世界第一面500米口径大射电望远镜。20世纪八九十年代，我国社会经济发展水平还很落后，进行高科技研发的条件十分有限。那时，国内射电望远镜的最大口径仅为 25 米。

500 米口径，对于中国人来说，还是个遥不可及的梦。

然而，正是这个梦，开启了我国大射电天文探测科学的"零"始之举。1995 年，大射电望远镜 LT 中国推进委员会成立，梦想的路径越发清晰。

当时，世界最大射电望远镜单口径是美国阿雷西博望远镜，口径大约 305 米，照明口径约 200 米。科学家们大胆地提出，"中国天眼"要比阿雷西博射电望远镜观测天区范围大，看更广袤的宇宙。经过精密的计算，"中国天眼"最终确定为口径 500 米。

与此同时，1994 年起，地质学家进行了长期艰苦的台址踏勘和地质地理学综合调查。他们以航空照片和地形图为基础，找到大量适合建造直径 300 至 500 米的大射电望远镜候选洼地，最终在近 400 个候选地址中选择了平塘。

这些故事，深深感动了刘章韬和他的同学们。

从懵懂到理解，从无知到膜拜，刘章韬终于明白了"中国天眼"的奥秘：原来射电望远镜并不是自己印象里那种筒状的、有镜面的望远镜，"天眼"也并不是靠"看"，而是靠"听"去探索宇宙。可是，更多的问题随之而来："中国天眼"是怎么工作的？那些巨大的天线都是什么？"天眼"究竟是怎么去"听"那浩瀚无垠的宇宙的？一个又一个问题接二连三地浮现在刘章韬和他的同学们的脑海中。

"中国天眼"，映照着山外无穷广阔的世界，也打开了刘章韬如饥似渴的心扉，为了解开盘旋在脑海中的谜题，刘章韬找寻一切学习的机会。

那时候的平塘还是国家级贫困县，"中国天眼"让县城蜚声世界，可是贫穷的小县城各方面资源仍然有限，特别是专业的天文学书籍，在这里更是一纸难求，学校和县图书馆几乎没有与天文学相关的书籍。刘章韬找遍了图书馆、阅览室、书报亭，把能找到的书、杂志、报纸都看完了，发现下一步不知道该做什么了。大山里的孩子没有电脑，更不要奢谈网络世界——"中国天眼"的奥妙就在这里中断了。

一个偶然的机会，刘章韬无意间发现了电影《星际穿越》。他不是像同龄人一样为电影视觉特效着迷，而是深深为其中深奥的天文理论陶醉。在他幼小的心灵里，那颗发了芽的种子正在茁壮成长。

可是，在那时的平塘，刘章韬的理想无疑还是一个虚无缥缈的梦。天文学，还仅仅是一个粗浅的概念。在平塘，别说天文学家，连一名天文学老师、一堂天文课、一架天文望远镜都没有。可是，又有什么能阻挡得了一颗向着梦想成长的心呢？刘章韬暗暗下定决心，好好学习。

功夫不负有心人，2016 年 9 月，刘章韬考入平塘县民族中学，二十几天后，"天眼"竣工。

似乎是一夜之间，平塘刮起了"天文热"。学校里，广场上，田间地头，打谷场上，小自几岁的娃娃，大至耄耋之年的老人，都在谈论"中国天眼"，谈论物理、天文、口径、射电……2017 年 5 月，平塘县民族中学开天辟地地成立了天文社。刘章韬起了个大早，赶去报名。

刘章韬以为自己肯定是第一个来报名的，到了学校才发现，整整一操场都站满了人。平塘县民族中学是平塘县唯一的高中，在校生 6000 多人，90% 以上是少数民族学生。天文社招新时，来报名的 600 多人，占学生总数的 1/10。由于名额有限，天文社最后只录取了四十几个学生。很多第一批考取天文社的学生直到今天还记得，当时进天文社团，要通过笔试、面试，最后那道压轴题难倒了许多人：小猪佩奇在月球上跳，请你根据题目给定的物理量来求月球的质量。很幸运，刘章韬成为其中的第一批天文社成员。

县城条件简陋，学校的经费更是捉襟见肘。纵使这样，学校还是扶持社团购买了一些天文方面的书籍、设备。民族中学的望远镜也差不多是"化缘"得来的：中科院云南天文台的专家带着望远镜来民族中学作讲座，热情地留下了望远镜。第二架望远镜是一家望远镜公司捐赠给平塘的，价值 1 万多元。最珍贵的器材来自平塘县一位天文爱好者赠送的一架产自德国的望远镜。有好事者悄悄查了一下，这架望远镜在 20 世纪 90 年代的售价就已高达 30 多万美元。

就这样，天文社总共有了三架天文望远镜。这样专业的装备，在当时，放在贵州也算是奢侈了。

有了装备，开展活动就方便多了。平塘县民族中学的老师们边学边讲，天文社每周定期开展一次活动，内容包含天文基础知识讲解、望远镜拆装实操、户外观测、专家讲座等。正是在这一次次的学习和观测中，同学们被浩瀚的宇宙、璀璨的星空所吸引，立志去探寻那些未知的神奇与伟大。

"中国天眼"落成后，平塘迎来越来越多的贵客——国际知名的天文学家、物理学家、地质学家纷纷造访。物理学家杨振宁，"脉冲星之母"、英国皇家学会院士贝尔，英国国家航天中心主任安努·奥吉哈，中科院院士武向平，中科院国家天文台首席科学家胡景耀，天文学家南仁东……签名簿上的名字越来越长，他们不仅来看"中国天眼"，也给平塘的人们打开了观测世界的"中国天眼"。

在"中国天眼"的影响下，平塘的娃娃们走出大山，他们奔跑的速度越来越快。

2018年，作为天文社成员，刘章韬首次代表平塘，参加全国中学生天文奥林匹克竞赛，创下平塘历史上第一次有选手参加全国天文奥赛的纪录，并且取得全省第二的成绩。

2018年，天文社选派5位学生代表，同来自海内外的700多名优秀青少年学生，参加在贵阳举办的国际大数据产业博览会。在面向全国中小学生的一个论坛上，刘章韬作为平塘的学生代表，与来自贵阳和美国的两位中学生，分别做了天文学、生命科学、人工智能方面的主题演讲。

高中放假回家时，刘章韬喜欢躺在自家屋顶上，拿一个口径50毫米的双筒望远镜仰望星空。大山里的夜很黑，星星显得格外亮。在望远镜里，刘章韬感觉到宇宙的浩瀚无边。刘章韬演讲的题目是"我与FAST"。他将这些感觉写进了论坛的演讲稿，他引用奥地利作家斯蒂芬·茨威格的一句话描述自己的状态："一个人生命中的最大幸运，莫过于在年富力强时发现了自己人生的使命。"

也正是在这个论坛上，刘章韬大声宣告，此生的梦想就是成为像"中国天眼"设计者、天文学家南仁东那样的人，将心血和生命奉献给伟大的祖国。

2019年，刘章韬以优异成绩考入中山大学，就读物理与天文学院。他的天文之梦，终于得圆。

刘章韬，只是平塘许许多多被"中国天眼"改变命运的孩子中的一个。

据平塘县教育局提供的数据显示，2016 年至 2019 年，平塘共有 5 名学生考取天文学类专业，493 名学生考取生态、地质、环境、能源类专业，他们中大部分是少数民族学生。

观天探地，世界唯一。"中国天眼"为平塘开启了新的时代。而许多平塘人，为了让"中国天眼"安静地仰望星空，毅然决然搬离故土，开启新的生活。

平塘，走过跟许多贫困县一样不平凡的"摘帽"路。人们在天坑群上开路凿沟，实现了超过 30 户的自然村寨全部通硬化路和饮水工程，十余万人投身茶叶、水果、蔬菜、中药材等产业，自食其力脱贫。

为了保护"中国天眼"，平塘不遗余力。原国道 G552 是连接平塘和罗甸的交通要道，但由于线路有 7.4 公里穿越"中国天眼"核心区，且公路最近的位置距离天眼只有 2.6 公里，每天 1000 多辆的车流通行，对"中国天眼"观测有重大影响。为减少对"中国天眼"的人为干扰，让 FAST 有一个安静的环境更好地聆听宇宙，2018 年 10 月，花费 2.25 亿元将原国道 G552 穿过"中国天眼"静默区路段全线改移。项目建成后，不仅满足了"中国天眼"核心区的环境要求，还有利于带动沿线百香果、食用菌等产业发展。

与此同时，大山外面的世界越来越了解平塘，知道平塘不仅仅有"中国天眼"，还有"中国天坑"和"中国天书"。天文学家、地质学家、考古学家将这合称为"三天"奇观。最有名的打岱河天坑群，天坑深度从 300 多米到 500 多米，是海洋向陆地变化过程的"活化石"。"天书"又叫"藏字石"，有专家考证形成于 2.7 亿年前的岩层中，亦属地质奇观。

这个目前世界上最大单口径、最灵敏的射电望远镜，从 1994 年提出构想到 2020 年通过国家验收、开放运行，历时 26 年，凝聚了四代中国科学家的智慧和心血，也使中国天文学家终于有机会走到人类"视界"的最前沿。国家天文台数据显示，截至目前，"天眼"已发现 300 颗脉冲星，是同期世界上其他所有望远镜发现脉冲星总数的 3 倍以上。

2021 年 2 月 5 日上午，习近平会见"中国天眼"项目负责人和科研骨干，听取"中国天眼"建设历程、技术创新、国际合作等情况介绍。他指出："'中国天眼'是国家重大科技基础设施，是观天巨目、国之重器，实现了我国在前沿科学领域的一项重大原创突破。"

因为有了"中国天眼"，平塘再接再厉，继续奋斗，日子越过越红火。

平塘，从一个贫困乡镇，到人均年纯收入达到逾万元，全面建成小康社会目标实现程度 100%，成为贵州省 100 个示范小城镇乡镇之一。卡蒲毛南族乡，近 1.4 万乡亲实现了自己的梦想：贫困发生率从 2014 年的 35.8% 下降至 0。

图书在版编目（CIP）数据

中国十二时辰 / 李舫著. — 武汉：长江文艺出版
社，2022.6（2024.12 重印）
ISBN 978-7-5702-2640-5

Ⅰ. ①中… Ⅱ. ①李… Ⅲ. ①散文集－中国－当代
Ⅳ. ①I267

中国版本图书馆 CIP 数据核字（2022）第 057408 号

中国十二时辰
ZHONGGUO SHIER SHICHEN

责任编辑：梅若冰　黄雪菁		责任校对：程华清	
封面设计：天行云翼·宋晓亮		责任印制：邱　莉　丁　涛	

出版：长江出版传媒　　长江文艺出版社
地址：武汉市雄楚大街 268 号　　邮编：430070
发行：长江文艺出版社
http://www.cjlap.com
印刷：湖北新华印务有限公司

开本：880 毫米×1230 毫米　　1/32　　印张：7　　插页：4 页
版次：2022 年 6 月第 1 版　　2024 年 12 月第 4 次印刷
字数：141 千字

定价：45.00 元